W0342575

Du monde entier

FABIO BACÀ

UNE CHANCE INSOLENTE

roman

Traduit de l'italien
par Nathalie Bauer

nrf

GALLIMARD

Titre original :

BENEVOLENZA COSMICA

Pour Silvia

Un peu plus de la moitié des statistiques que renferme ce roman sont fausses, quoique apparemment crédibles. Un tel artifice ne constitue pas, pour l'auteur, une façon de déplorer l'obscurité de certaines enquêtes socio-probabilistes appliquées aux événements humains, ni de soutenir une quelconque théorie anti-statistiques : il obéit à des raisons purement littéraires. Par conséquent, cette note a pour unique but de déconseiller aux lecteurs d'utiliser les données présentes dans ce livre pour défendre leurs propres arguments (à moins, évidemment, qu'ils n'estiment tolérable le risque des cinquante pour cent de véridicité exposé plus haut).

1

Le Dr Halliwell m'indiqua la chaise et renvoya d'un signe de tête sa secrétaire, debout près de la table. Tournant à peine les yeux vers moi, la fille s'empara d'une liasse de papiers et quitta la pièce. Je la regardai se diriger vers la porte du pas rapide et un peu martial des fanatiques du classement. Elle était maigre, exsangue, ethniquement indéchiffrable. Dans la salle d'attente, sa gestuelle semblait respecter à la lettre les procédures syndicales de la grève du zèle : elle se montrait diligente, précise, méthodique à l'excès. Assis dans des petits fauteuils de velours, je l'avais souvent imaginée enlevant sa culotte sur le lit de son appartement avec la méticulosité dont elle faisait preuve lorsqu'elle classait les dossiers ou signait les prises en charge, mais ces rêveries se heurtaient presque toujours à l'anti-érotisme désolant de son expression et de ses chemisiers en coton boutonnés jusqu'au cou.

Je me laissai aller contre le dossier. Le médecin me dévisagea longuement. Je lui rendis son regard sans m'efforcer d'entamer une conversation productive. J'essayais de ne pas accorder une signification particulière à la durée de cette inspection silencieuse : ce n'était que la suspension pondérée et vaguement théâtrale d'un praticien attaché aux plaisirs des préliminaires. Je simulai une dose raisonnable d'inquiétude en remuant sur ma chaise.

« J'ai deux nouvelles pour toi », dit-il.

Un diplôme de la faculté de médecine établi trente-neuf ans plus tôt était accroché dans son dos. Sur le mur, à ma droite, se détachaient deux estampes carcérales de Piranèse ; à gauche, un tableau au trait plutôt enfantin représentait un bateau sillonnant l'océan démonté. Trois cadres sur quatre étaient en bambou.

« Primo, il y a deux autres taches minuscules dans ton œil gauche, dit Halliwell. Des petites éclipses entre la choroïde et le corps ciliaire d'un peu moins d'un dixième de millimètre de large.

— Des petites éclipses », répétai-je.

Il hocha la tête en se grattant la commissure des lèvres sans cesser de me scruter.

Halliwell était mon médecin traitant depuis cinq ans. Durant ce laps de temps il avait obstinément opposé à ma réserve concernant les aspects fondamentaux de ma vie privée un libertinage expressif sur le moindre détail de la sienne. Il s'était marié quatre fois et avait toujours divorcé : il avait eu deux enfants de chaque épouse, suivant un obscur archétype de plénitude familiale dont la réalisation provoquait immanquablement un déclin rapide de son intérêt de père et de mari possessif – comme si l'idée d'un seul noyau familial était inconciliable avec son fondamentalisme polygamique. En vieillissant, il avait atteint un apaisement sentimental inespéré, grâce auquel il entretenait maintenant, à l'âge de soixante-cinq ans, une relation paisible et solide avec une consœur en immunologie travaillant à l'université où lui-même enseignait depuis trente ans. Il avait les traits arrondis des amateurs de bière brune et des yeux d'un bleu un peu louche. Ses compétences cliniques et son caractère communicatif avaient favorisé son irrépressible ascension dans le club des meilleurs médecins de Londres, ce qui l'avait transformé en l'une de ces figures légendaires qui n'hésitent pas à s'octroyer une sincérité démesurée en vertu, précisément, du charme qu'elles dégagent.

Il se pencha sur la table et saisit un dossier, d'où il tira deux feuilles de papier. Il en plaça une devant moi et prit un stylo dans la poche supérieure de sa blouse.

« Voici le compte rendu de l'angiographie choroïdienne, dit-il. Comme tu le vois, il y a en tout trois taches. »

De la pointe du stylo, il indiqua une zone à deux centimètres de la pupille.

« D'habitude, ce genre de lésions intraoculaires sont symptomatiques d'une forme de tumeur très rare, poursuivit-il. Maligne dans quatre-vingt-seize pour cent des cas. »

Il posa son stylo et m'observa.

« Mais tu fais partie des quatre pour cent restants. »

Il sourit en attendant ma réaction.

Encore atterré par le bref et terrible instant où je m'étais surpris à espérer le contraire, je ne bronchai pas.

« Les analyses ont pratiquement balayé le moindre doute, ajouta-t-il. Mais j'aimerais avoir un second avis. J'ai déjà appelé Archibald Rooney. C'est un célèbre ophtalmologue, il a été le premier en Europe à publier des textes sur les tumeurs du nerf optique dues à des radiations électromagnétiques. Si tu es libre, il te recevra ce soir. »

Je me grattai un sourcil.

« Est-ce vraiment nécessaire ? J'ai toute confiance en toi, tu le sais. »

Halliwell écarta les bras.

« J'en suis flatté. Mais j'ai des limites dans ce domaine et je préfère ne pas en observer les conséquences sur la vie des autres. »

Il tira son portable de la poche de sa blouse, chercha le numéro de son confrère et l'écrivit sur un bout de papier qu'il me tendit.

« Appelle-le à l'heure du déjeuner et dis-lui de me tenir au courant. Et maintenant débarrasse le plancher. J'ai un consul, ou quelque chose dans ce goût, qui m'attend à l'ambassade de Suède. »

En sortant, je jetai un coup d'œil à la secrétaire, concentrée devant son ordinateur. Près de sa table se tenait un homme blond, vêtu d'un uniforme : probablement le chauffeur du consul. Il était jeune et plutôt attirant. Un instant, je les imaginai allongés sur une chaise longue, au bord de la piscine d'un hôtel – il lui caressait les pieds, frémissant de lascivité scandinave, et elle le laissait faire, satisfaite par la progression rigoureuse de cette opération de séduction –, mais une fois de plus l'issue de mes rêveries fut compromise par le chemisier boutonné et l'inexpressivité de l'intéressée.

Dehors, je me coulai dans le premier bar venu. Mon portable vibra dans la poche intérieure de ma veste au moment où j'atteignais le comptoir. C'était ma secrétaire.

« Wendy Smith, dis-je.

— Kurt, où es-tu ? Wayne t'a appelé trois fois au cours de la dernière demi-heure. Il prétend que ton téléphone est éteint et que cela ne s'est jamais produit de mémoire d'homme.

— Il n'était pas éteint. J'ai des problèmes de réseau.

— Ta femme est passée au bureau. Elle te rappellera.

— Qui, d'elle ou de Wayne, t'a semblé le plus hystérique ?

— Wayne, sans aucun doute.

— Je lui téléphonerai tout à l'heure. »

Je m'assis sur un tabouret pivotant, à côté d'une fille qui portait une salopette de maçon maculée de peinture. Occupé à lire l'étiquette d'un sirop, le barman ne remarqua ma présence qu'au bout de deux minutes. Je jetai un regard circulaire. Ce bar comptait parmi les innombrables lieux de Kilburn destinés aux étudiants, comme en témoignaient l'ameublement métallique et fluorescent à la mode pendant la dernière décennie, deux billards, ainsi que, aux murs, des photos en noir et blanc de rues métropolitaines. À côté de l'entrée, des douzaines de petites annonces étaient épinglées à un tableau de liège.

La fille en salopette fit un quart de tour sur son tabouret et pointa son visage sur mon profil gauche.

« Salut. »

Je levai une main pour toute réponse.

« Tu fais tes études à l'UCL ? demanda-t-elle.

— Non. Le bon temps est terminé.

— C'est-à-dire ?

— C'est-à-dire que j'ai un travail.

— Un travail ? C'est quoi ?

— C'est quand quelqu'un te paie pour faire un truc dont il ne peut pas s'occuper lui-même, pour une raison ou pour une autre, tu vois ?

— Je voulais dire : quel genre de travail ? »

Je desserrai mon nœud de cravate.

« Un truc tellement assommant que ça ne vaut même pas la peine d'essayer de t'expliquer.

— Tu es étranger ? Tu as un accent étranger.

— Je n'ai aucun accent. Mais un peu de sang italien.

— J'en étais sûre. Tu as le profil d'un de ces gladiateurs

condamnés à mourir pour l'empereur dans les amphithéâtres de Rome.

— Les gladiateurs n'étaient pas romains. C'étaient des prisonniers de guerre ou des esclaves nés dans les colonies.

— Comment tu le sais ?

— Je l'ai lu quelque part.

— Je m'appelle Marcelene. »

Je pivotai vers elle. Ses cheveux blonds étaient entortillés autour d'un crayon rouge de charpentier, ce qui créait un joli contraste avec sa salopette tachée. Son visage était obstinément inexpressif. Le seul fait de le fixer anéantit tout élan sadique en moi. Entre-temps le barman avait posé un dessous-de-verre sous mon nez.

« Qu'est-ce que tu prends, mon joli ?

— Un Bowmore. Sans glace.

— Un Bowmore ? Qu'est-ce que c'est ?

— Donne-moi une Tennent's. En canette.

— Et toi, comment tu t'appelles ? » interrogea la fille.

Mon téléphone vibra une nouvelle fois.

« Excuse-moi. » Je m'emparai de mon portable et m'écartai.

« Wayne Merrill, dis-je.

— Mon ami », murmura-t-il. Depuis que je lui avais communiqué les résultats d'une enquête établissant que les orateurs accroissent leur autorité de trente pour cent lorsqu'ils adoptent un ton paisible, il ne s'exprimait plus qu'à voix basse. Il souffrait d'un complexe irrésolu dans ce domaine.

« D'après ta secrétaire, tu te promènes dans Londres. Tu l'as bien dressée, c'est tout ce que j'ai réussi à en tirer. Où es-tu ?

— Dans un bar de Cambridge Avenue.

— Et qu'est-ce que tu y fais ?

— J'avais rendez-vous dans le coin, à l'Institut de recherche des maladies tropicales hautement infectieuses.

Selon le Dr Livingstone, l'infection devrait passer d'ici un mois. En attendant, je suis officiellement en quarantaine : il m'a examiné depuis une autre pièce en m'auscultant à travers un interphone.

— Hum. On se voit quand ?

— Je ne sais pas. J'ai une matinée très chargée. Et puis il faut que je te tienne à une distance de sécurité, à moins que tu ne veuilles goûter les mêmes agréments tropicaux que moi. Quelle heure est-il ?

— Près de neuf heures.

— Je n'ai pas beaucoup de temps. Je dois être à Soho dans une heure. Un psychodrame avec ma femme et son analyste m'attend. Je t'appellerai avant le déjeuner et nous verrons ce que je peux faire pour toi. »

Je raccrochai et me tournai à nouveau vers la fille. Comme prévu. Elle avait disparu. La bière, en revanche, était sur le comptoir. Je la pris, payai et me levai.

Avant de sortir, je m'arrêtai devant le panneau en liège, tirai de ma poche le numéro du Dr Rooney et l'épinglai parmi les autres annonces. J'ajoutai en bas au stylo :

APPELEZ À N'IMPORTE QUELLE HEURE –
JE PROMETS DES PLAISIRS SATANIQUES

puis j'en étudiai l'effet, la tête penchée sur le côté, tel un chercheur devant une fresque pompéienne. Je me demandai si une autre place sur la surface en liège augmenterait l'attrait de cette proposition, me répondis par la négative et, satisfait, sortis dans la lumière de ce matin de mai.

Je marchai jusqu'à la bouche du métro. J'avisai, près d'un magasin de vêtements d'occasion, un homme en uniforme d'amiral qui jouait de l'harmonica. Sur son épaule, un singe en gilet et couche-culotte mendiait en tendant sa menotte poilue. Ayant obtenu une pièce de monnaie, il la glissait dans le sachet en velours noir pendu au cou de son maître. Je m'approchai pour mieux l'observer. Fasciné par la fluidité de ses gestes, je ne pus m'empêcher de lui donner vingt pennies pour le voir répéter ce petit prodige de coordination. L'homme en uniforme me remercia d'un signe, puis entonna *Scarborough Fair* à l'adresse d'un groupe de fillettes immobiles devant la vitrine.

Je m'abstins de bouger. Je voulais établir un contact avec le singe. Je tendis un doigt vers lui, mais, n'étant vraisemblablement pas habitué aux gestes amicaux, il le considéra avec une extrême méfiance. J'ignorais comment il réagirait à une caresse et je décidai de ne pas envahir sa bulle proxémique dans le but de m'en assurer. J'optai pour une autre stratégie : je pris une deuxième pièce de monnaie et la plaçai devant mes yeux en la tenant entre l'index et le majeur, comme le font les prestidigitateurs. Je comptais pousser l'animal à me regarder, établir une relation entre êtres vivants intimement persuadés que la divergence de leurs chemins évolutifs respectifs n'est qu'un détail insignifiant. Cette créature était la synthèse en chair et en os de la beauté majestueuse des tribus animales disséminées dans le monde, des dizaines de milliards d'êtres vivants synchronisés par de subtils liens ancestraux en vue de la même fin de survie. Quelle profondeur atteindrais-je en plongeant dans leurs mystérieux rituels, dans les flots d'un accord inexprimé, avant de toucher du doigt les manifestations tangibles de la suprême volonté de vivre ? Je regardai le singe avec le plus d'intensité possible jusqu'à ce qu'il se désintéresse de la pièce de monnaie et m'accorde son attention.

Je me concentrai, essayant d'inculquer à ses petits yeux vifs toute l'affliction des êtres humains. J'espérais obtenir en échange l'égarement d'une créature sauvage pliée à l'absurdité de l'existence urbaine : je voulais qu'un lien extrasensoriel se noue entre nous, que nos circuits neuronaux respectifs s'allument à l'unisson, telles les particules de l'intrication quantique de Heisenberg. Mais je fus interrompu par l'amiral. Il avait cessé de jouer et il me fixait à son tour, les sourcils levés, souhaitant à l'évidence que j'arrête de déranger son singe et débarrasse le plancher. Je crus bon de ne pas le décevoir.

Je m'engouffrai dans la bouche de métro. Le quai grouillait de monde. Une rame venait d'arriver. Je me glissai dans une voiture en jouant des coudes, atteignis une amarre confortable et m'agrippai à la barre. Je fermai les yeux pour me détendre, mais le tangage du convoi me donnait le mal de mer. Pour me distraire, je jetai un coup d'œil à la carte des stations : dix-sept minutes me séparaient de Piccadilly Circus.

Sous la carte se trouvait un adolescent rondouillet et de petite taille, vêtu d'un pantalon et d'un tee-shirt jaune citron. Son toupet, d'une teinte assortie à celle de ses vêtements, ondoyait solidairement au rythme des cahots. Assis devant moi, il m'examinait avec un intérêt manifeste. Je lui rendis son regard en veillant à dépouiller mon visage de toute expression, puis me replongeai nonchalamment dans l'examen de la carte. Je me méfiais depuis toujours des bruyants exemplaires de la faune de rue, un des nombreux sous-produits de la civilisation métropolitaine auxquels mon esprit provincial n'avait pas réussi à s'habituer. Le garçon continuait à me scruter avec une certaine chaleur, comme s'il avait mystérieusement reconnu un membre de son espèce sous mes traits de grand bourgeois londonien.

Soudain il se leva et m'annonça :

« Je te laisse la place, mon frère. »

Je fis semblant de ne pas avoir compris.

« Elle est toute à toi, ajouta-t-il. Je descends à la prochaine. »

Il avait une voix basse et rauque qui jurait sur son aspect, plutôt éloigné de l'idéal classique de la virilité. Il me montra une nouvelle fois la place.

« Non merci », dis-je.

Il haussa les épaules, se fraya un chemin parmi la foule et disparut.

J'occupai les minutes suivantes à me demander quel genre de camaraderie j'étais susceptible d'éveiller chez un représentant de la sous-culture urbaine : peut-être un sentiment aussi évanescent que cette communion entre espèces que je m'étais cru capable de susciter chez un singe perché sur l'épaule d'un musicien de rue. La voiture était incroyablement bondée, mais personne ne se précipita pour s'asseoir. Je m'éloignai de quelques pas, confirmant mon désintérêt. J'observai les panneaux publicitaires, puis tirai de ma poche mon téléphone portable et jouai un moment avec le répertoire. Au bout de cinq minutes, je jetai de nouveau un coup d'œil au siège. Il était vide.

Selon quelles probabilités un siège pouvait-il rester inoccupé pendant plus de trente secondes dans un wagon bondé du métro de Londres ? Je passai une main sur mon visage et m'éloignai davantage en fendant non sans mal la masse presque solidaire des corps dans la tentative d'écarter tout rapport, ne serait-ce que conceptuel, entre ma personne et ce siège, toute hypothèse d'acquiescement tardif au droit de préemption que m'avait accordé un inconnu couleur citron.

Je fermai les yeux jusqu'à la station suivante. J'entendis les portes s'ouvrir, des dizaines d'usagers entrer et sortir. L'un d'eux me heurta sans ménagement. La rame redémarra. Je demeurai dans la même attitude jusqu'à ce que la voix du haut-parleur annonçât mon arrêt.

J'entrouvris les paupières en m'efforçant de résister à l'envie de lancer un dernier regard. Je finis par pivoter.

La place était encore libre.

Il y avait peut-être une explication sensée, mais je n'avais ni le temps ni la présence d'esprit nécessaires pour la trouver. La rame s'était immobilisée. Je sortis en jouant des coudes, gravis l'escalier menant à la surface et gagnai d'un pas rapide Rupert Street. La canette de bière tressautait dans ma poche.

J'étais en retard.

Le cabinet du Dr Heldridge était situé dans le quartier de Londres comptant le pourcentage de suicides le plus élevé de la ville ; par une étrange coïncidence, c'était également là que vivaient ou exerçaient le plus grand nombre de psychanalystes. J'ignorais le lien entre les deux données, en admettant qu'il y en eût un. Surtout, je n'étais pas capable d'établir si l'une déterminait l'autre, même si le fait en soi me semblait mériter un approfondissement. Je décidai d'en parler à mes collègues, une fois rentré au bureau.

J'atteignis un bâtiment élégant de quatre étages et sonnai à l'interphone.

« Cabinet du Dr Heldridge, annonça une voix de femme.

— Je suis Kurt O'Reilly. J'ai rendez-vous avec le Dr Heldridge.

— Un instant… Pouvez-vous me répéter votre nom ?
— O'Reilly, Kurt O'Reilly.
— O'Neill ?
— O'Reilly. Kurt. Trente ans. Un mètre quatre-vingt-six, soixante-dix-neuf kilos. Bonne structure musculaire. Teint et traits typiques du sud de la Méditerranée, probable héritage de virées arabes sur les côtes de l'Adriatique. »

Un silence perplexe se fit à l'autre bout du fil.

« Entrez, dit bientôt la femme. Deuxième étage. »

Je montai l'escalier en chantonnant *Surrender* de Cheap Trick, puis pénétrai dans la salle d'attente. Sur un petit canapé couleur brique se tenait Elizabeth Brooks, étoile montante de la littérature, les bras croisés, la mine solennelle et boudeuse. Vingt-neuf ans, le teint pâle surmonté d'une blonde agitation capillaire au négligé stratégique, elle avait renié les pratiques chamaniques pour épouser la mystique freudienne. D'un coup d'œil, elle m'enjoignit de prendre place à côté d'elle. Je m'exécutai en gardant des distances raisonnables.

Mariés quatre ans plus tôt, nous étions en crise depuis la deuxième semaine de notre union. Je croisai les jambes sous le regard de la secrétaire, assise à une petite table, à l'autre extrémité de la pièce. Elle me dévisagea comme pour s'assurer que l'hypothèse d'une ascendance sarrasine n'était pas une de ces fanfaronnades qu'on lance à l'interphone.

« Je t'ai appelé à ton bureau, déclara Elizabeth.
— Je sais. Pardon pour mon retard, mais j'ai pris le métro. Une expérience à répéter de temps en temps.
— Que t'a dit le Dr Halliwell ?
— Que tout va à merveille.
— À en juger par ta tête, on ne dirait pas.
— Quelle tête j'ai ?

— Avant que j'oublie, William m'a téléphoné tout à l'heure. Il prétend qu'il a essayé de te joindre et que ton portable était éteint, fait sans précédent. Le type de la voiture a augmenté son offre, il nous propose maintenant soixante-dix mille livres. D'après William, nous serions fous de refuser. »

Je contemplai le mur, devant moi, sans cligner des yeux.

« Parfait, commentai-je. Je le rappellerai plus tard. »

Le Dr Heldridge apparut sur le seuil et embrassa la salle d'attente d'un long coup d'œil panoramique. Il intercepta nos regards et sembla se demander qui nous étions. Puis il adressa un signe à la secrétaire et s'éclipsa derrière la porte. La fille écrivit quelques mots dans un agenda, se leva et nous invita à lui emboîter le pas.

Liz me précéda dans une vaste pièce carrée revêtue de boiseries en chêne. Nous nous installâmes sur deux chaises identiques et plutôt inconfortables. Le Dr Heldridge se tenait déjà à son bureau, les mains croisées dans son giron, l'air indulgent. C'était un homme de grande taille, à l'âge indéfini et à l'air détendu de riche propriétaire terrien, qu'un léger tic à l'œil gauche démentait vaguement.

« Je suis heureux que vous soyez venus ensemble cette fois encore », commença-t-il en posant les mains sur la table. Derrière lui, sur le côté gauche de la pièce, cinq poissons-clowns ondoyaient dans un grand aquarium. Son introduction me donna envie de plonger la tête à l'intérieur jusqu'à ce que mort s'ensuive. J'aurais pris congé du monde ainsi, les prunelles pointées sur les yeux de ces créatures innocentes, petites pleureuses silencieuses réunies en cercle pour témoigner de ma disparition.

Liz croisa les bras.

« À mon avis, nous ne faisons que perdre notre temps. »

Le Dr Heldridge lui adressa un regard faussement sévère. « Arrête, Liz », lui dit-il avant de se tourner vers moi : « Pensez-vous que votre femme ait raison, Kurt ? Nous perdons notre temps ? »

J'ouvris la bouche pour répondre, mais fus de nouveau distrait par l'aquarium et par la tentation de résoudre mes problèmes en mettant à jour les statistiques concernant les suicides dans ce quartier de Londres.

« Kurt, me pressa le médecin. Vous n'avez rien à dire ? »

Je sursautai.

« De quoi parlons-nous exactement ?

— De ton absence de collaboration », dit mon épouse.

Je regardai une dernière fois les yeux de ces petits poissons. Des perles de matière obscure qui envoyaient à intervalles réguliers des impulsions électriques à mes iris, comme les fréquences qu'émettent les étoiles s'éteignant en orbite, aux limites de l'univers.

« Ma collaboration est… hum… absolue », rétorquai-je.

Le médecin écarta les bras.

« C'est possible. Admettez cependant que vous ne le montrez pas. C'est la troisième fois que nous nous voyons, et vous vous êtes contenté de critiquer de façon générale l'idéal classique du mariage. Je respecte vos opinions, mais j'aimerais que vous soyez plus précis.

— C'est inutile, docteur, l'interrompit Liz. La philosophie conjugale de Kurt ne prévoit pas d'intérêt pour la santé émotive d'autrui.

— Ma philosophie conjugale ? Et en quoi consiste-t-elle ?

— Tu le sais très bien. C'est la tienne, pas la mienne.

— Alors écoutons-la. Si le Dr Heldridge est d'accord, bien sûr. »

Le médecin acquiesça, surpris par l'ouverture subite

d'une brèche de communication. Méfiante, Liz ferma les yeux à demi. Elle avait une petite cicatrice juste au-dessus du sourcil gauche, conséquence imprévue d'une évolution de jeunesse sur un skateboard.

« Bon d'accord, dit-elle, avant de se tourner vers le médecin. Voici ce que mon mari pense du mariage, Dr Heldridge. Deux individus concluent un accord juridiquement contraignant qui prévoit des droits illusoires et des devoirs obsolètes. Ils emménagent sous le même toit pour partager une intimité artificielle incluant l'échange régulier de liquides biologiques et des sursauts ponctuels de sincérité, ils organisent leur vie quotidienne en la remplissant d'activités collatérales pour estomper l'inévitable transition d'un brûlant enthousiasme préconjugal à la pâle tiédeur de la routine matrimoniale, jusqu'à ce qu'ils finissent par comprendre qu'ils ont atteint un état de congélation irréversible. Ils constatent donc qu'ils vivent la fameuse phase de l'ennui en espérant retarder le plus possible le dernier stade, fatal, celui de l'indifférence ou, pis, du mépris réciproque. L'un d'eux, en l'occurrence moi, se dit alors que le projet commun sur lequel repose leur mariage n'a jamais vraiment été *commun*. Mieux, que son partenaire, en l'occurrence lui, n'a jamais considéré comme *un projet commun* tout ce qui, par la force des choses, fait suite à la décision consciente d'unir sa vie à celle d'une autre personne. Il soupçonne même ce partenaire d'estimer accessoire et accidentelle la correspondance entre les projets de vie respectifs de deux individus et de juger extravagante l'hypothèse selon laquelle confier à l'autre aspirations, nécessités et faiblesses constitue la façon la plus naturelle d'accéder à une pleine et satisfaisante intimité, favorisant la convergence des projets de vie respectifs dans ce foutu projet commun. Perspective qui apparaît au partenaire comme une utopie hésitante, déstabilisante et en définitive totalement étrangère à sa nature. »

Liz croisa de nouveau les bras en me fixant.

Je tournai les yeux vers le Dr Heldridge, qui tourna les siens vers moi.

« Bon, j'ignore s'il en est de même pour vous, Kurt, dit-il, mais Liz semble exprimer une certaine déception quant à la difficulté que vous éprouvez à partager sentiments et émotions.

— Je l'avais compris.

— J'en suis heureux. Avez-vous quelque chose à dire à ce sujet ? »

C'est alors que le téléphone sonna sur la table. Le Dr Heldridge écarquilla les yeux, comme s'il avait été assailli en pleine nuit par une alarme anti-incendie. Il écarta les bras en guise d'excuse puis décrocha sans même regarder l'écran. Il écouta en silence la voix à l'autre bout du fil, bouche entrouverte, ne la reconnaissant apparemment pas. Puis il finit par déclarer :

« Je comprends. J'arrive tout de suite. Calmez-la d'une façon ou d'une autre. »

Il raccrocha et déboutonna les poignets de sa blouse.

« Madame, monsieur, je suis navré, mais il y a une urgence que je ne peux ignorer. Il faut que je coure immédiatement au chevet d'une patiente. J'ignore si nous nous reverrons. Si je survis, ma secrétaire vous contactera. Pour l'heure je ne peux que vous présenter mes vœux de bonheur et, bien entendu, vous souhaiter une bonne semaine. »

Il se leva, esquissa une rapide courbette et disparut derrière un paravent sans nous laisser le temps de prononcer le moindre mot.

Nous regagnâmes la salle d'attente. La secrétaire se tenait

sur le balcon, une cigarette entre les doigts et les yeux fixés sur les fenêtres de l'immeuble d'en face. Nous redescendîmes par l'escalier.

« Comment étais-je ? interrogea Liz, dans la rue.

— Pas mal. Toujours un peu trop littéraire, mais il se peut que le médecin tire de ta grandiloquence une apostille éclairante qui lui permettra de revoir ses catégories de déséquilibrés.

— Dommage pour ce contretemps, je me sentais inspirée. Nous n'avons pas eu de chance.

— Parle pour toi. »

Elle s'immobilisa et se planta devant moi, puis elle m'attrapa par le col de ma veste et imprima un baiser sur mes lèvres.

« Qu'est-ce que tu fais ? La secrétaire risque de nous voir du balcon.

— Et alors ? Je te déteste, mais je reste ta femme. J'ai encore tous les droits sur ta bouche. »

Elle passa les bras autour de mes hanches.

« Qu'est-ce que tu as là-dedans ? demanda-t-elle en tâtant le côté gauche de ma veste.

— Une bière. Il fait très chaud aujourd'hui. Où es-tu garée ?

— À Southampton Row.

— Je t'accompagne. »

Nous nous acheminâmes côte à côte. Liz attendit d'avoir quitté Archer Street pour saisir ma main, qu'elle serra dans la sienne comme si elle craignait que je ne me perde. Nous atteignîmes notre destination dix minutes plus tard.

« Le Dr Heldridge est un bel homme, lui dis-je pendant qu'elle ouvrait la portière.

— Et alors ?

— Pourquoi est-ce qu'il te tutoie ? Ça fait partie du protocole thérapeutique ? Ne devrait-il pas y avoir… hum… une subdivision bien définie des rôles entre analysant et analyste ? Un détachement favorisant la formation d'une confiance de nature hiérarchique ? »

Elle resta figée devant moi, bouche bée.

« Qu'est-ce que tu me fais là ? Une crise de jalousie ? Je n'arrive pas à le croire ! Pince-moi.

— C'était juste une question.

— Tu es bizarre ces derniers temps. Tu te sens bien ?

— Évidemment. »

Elle pénétra dans sa voiture.

« Vraiment, Kurt. Je sens que quelque chose ne va pas. Tu n'as pas l'habitude de boire de la bière. »

J'écartai une mèche de ses yeux.

« Je ne me suis jamais mieux porté. Toi, en revanche, tu es un peu pâle.

— Je n'ai pas bien dormi. L'obsédé haletant m'a téléphoné à trois heures. »

Je lui caressai la joue.

« Tu pouvais descendre chez moi.

— Toi, tu peux monter cette nuit. »

Elle me prit la main et y déposa un baiser.

« Il fait vingt-sept degrés et tu as les mains froides.

— Il faut vraiment que j'y aille maintenant. J'ai rendez-vous avec Bob Lewis.

— Je te dépose.

— Il ne vaut mieux pas. Le bureau de Bob se trouve dans la City, où la circulation est une affaire de professionnels. Je vais prendre un taxi, ou poursuivre mon expérience dans le métro.

— Comme tu veux. »

Je me penchai dans l'habitacle. Liz m'embrassa légèrement sur la bouche, referma la portière, puis démarra. Je la regardai s'éloigner dans la circulation.

Nous avions fait connaissance par un jour d'avril, six ans plus tôt, dans le cimetière de Leicester. À l'époque, Liz n'avait encore rien publié : son premier contrat avec une maison d'édition n'arriverait que cinq semaines après notre rencontre, épisode statistiquement improductif auquel elle attribua toutefois une certaine signification. Le roman en question était un thriller féminin à la trame compliquée qui fut ignoré par le public et la critique. Cet échec ne la démoralisa pas : les débuts littéraires sont souvent tortueux, répétait-elle, et il faut toujours s'attendre à un faux pas. Si Liz avait un talent pervers pour les intrigues, elle ne montrait pas autant d'habileté dans l'incarnation des personnages, lacune que, de l'avis désabusé de son agent, ses seules lectures ne suffiraient pas à combler. Elle avait donc commencé à monter des petites comédies théâtrales en deux ou trois actes chez des professionnels qui n'étaient pas au courant, comme celle que nous venions d'interpréter dans le cabinet du Dr Heldridge. Ma femme refusait d'entrer dans la psychologie d'un être humain en le priant tout simplement d'illustrer ses automatismes appliqués à un cas théorique : cela aurait équivalu à opposer la vraisemblance à la vérité, compromis auquel elle n'était prête à se plier qu'en cas de nécessité. C'était insuffisant. Elle tenait à se glisser dans une trame, fût-elle rudimentaire, lui permettant de s'imprégner des façons de faire d'un avocat, d'un médecin ou d'un sculpteur sans altérer leur naturel. Elle voulait se servir d'une esquisse d'intrigue pour saisir leurs processus mentaux et leurs obsessions du point de vue privilégié de la partie adverse. D'habitude, elle choisissait ses victimes dans l'annuaire téléphonique, confiant son inspiration aux patronymes les plus emblématiques, en hommage à d'obscures théories spirituelles et littéraires, puis elle se rendait chez des universitaires, des architectes, des ornithologues, des présidents d'associations de bienfaisance, des ingénieurs, des journalistes, des collectionneurs d'expertises criminelles, des anatomopathologistes, des chefs d'orchestre, des archéologues, des commentateurs radiophoniques, des prêtres vaudous, des acteurs sur le retour, des anarchistes, des politiciens louches et dans les familles de victimes de désastres générationnels (je le savais bien) en se présentant tour à tour comme une cliente, une spécialiste ou une collègue, en se documentant scrupuleusement pour éviter de dilapider l'avantage immédiat de la jeunesse et de la beauté dans un étalage pénible d'incompétence. Elle enregistrait le moindre détail avant de rentrer à la maison et de tout consigner en de longues et minutieuses sessions d'écriture, au terme desquelles elle classait son matériau sans aucune garantie d'utilisation future, mais avec la certitude d'avoir ajouté une tesselle à la mosaïque infinie de l'expérience humaine synthétisable sur fichier.

Lorsque notre relation eut dépassé la phase de l'intimité sexuelle pour constituer un rapport affectif solide, Liz commença à exiger ma collaboration : je devais l'accompagner chez le praticien de service en manifestant une extrême réticence, contrefort idéal pour sa loquacité baroque. L'aptitude de ma femme à la duperie frôlait la pathologie criminelle : heureusement pour moi, elle n'avait jamais abusé de ces dons au-delà de ses activités professionnelles.

Nous vivions dans deux appartements séparés du même immeuble. Mon beau-père était l'un des agents immobiliers les plus riches de Londres et il avait offert en cadeau de mariage à sa fille un luxueux bâtiment au cœur de Richmond. C'est là que nous acquîmes tristement la certitude, au quatrième mois de cohabitation, que nous n'étions pas faits pour vivre sous le même toit. Si Liz était ordonnée et méticuleuse dans le domaine professionnel, elle se révélait pour le reste l'incarnation de tous les stéréotypes possibles concernant le désintérêt des artistes envers les questions matérielles. Pour elle, le désordre extérieur était le corollaire nécessaire de l'ordre et de la rigueur des intrigues littéraires. Pour moi, en revanche, il signifiait l'obligation de marchander un peu de discipline aux heures des repas et à celles du repos. Je finis par m'installer dans la chambre d'amis afin de me soustraire aux conséquences de ses sursauts nocturnes de créativité – ectoplasmes fugaces qui clignaient de l'œil dans les ténèbres, au nom desquels elle n'hésitait pas à sauter du lit à moitié nue et à gagner sa table en titubant afin de tout transcrire dans un cahier de notes, quitte à s'efforcer d'interpréter le lendemain matin des anacoluthes sublimes mais horriblement incomplètes (LES CANARDS POUR FAIRE COMPRENDRE QUELQUE CHOSE À RYAN, MAIS QUOI ? ou LOUIS DISENT MERCI AU COURS DU FLEUVE).

Lorsque ce n'étaient pas ses exigences littéraires qui troublaient mon sommeil, c'étaient les nécessités d'une jeune femme otage de ses hormones : un surplus d'œstrogènes la rendait chaque jour anxieuse, dépressive, nerveuse, euphorique, nostalgique ou irraisonnable à outrance. Affligée d'un cycle menstruel extrêmement irrégulier, elle se laissait souvent surprendre, le premier jour, sans protection hygiénique dans des situations socialement compliquées. À ses phases prémenstruelles asymptomatiques succédaient des crampes douloureuses qui lui causaient fièvre et vomissements, si bien qu'au bout du premier mois de notre liaison j'avais déjà fait connaissance avec toutes ses sécrétions corporelles. Comme si cela ne suffisait pas, Liz détestait cuisiner : ses repas étaient presque tous l'appendice de l'heure qu'elle passait au club de sport, ou bien un prétexte pour échanger des opinions avec son agent, ou autres satellites de son microcosme éditorial, dans un bar à sushis du centre-ville. Pour ne pas dîner seul, je fus contraint de dénicher un bistrot italien non loin de chez nous, où je me réfugiai de plus en plus fréquemment. Mon beau-père me proposa d'engager une gouvernante ou un majordome, figure qui eût contribué à renforcer les bases d'une cohabitation traditionnelle, mais je déclinai son offre au nom d'une confiance irréelle dans le caractère provisoire des mauvaises habitudes. Surtout, je pensais que cette fille de la haute bourgeoisie londonienne, élevée dans le culte des valeurs familiales, finirait tôt ou tard par se conformer à l'idéal monadique de la normalité domestique.

Je me leurrais.

À la fin du sixième mois, je compris que la régularité de mes repas et de mes rythmes circadiens ne serait pas une aspiration suffisante. J'annonçai à Liz que je m'installerais quelque temps chez Wayne en espérant me remettre du traumatisme de la cohabitation. Elle ne s'y opposa pas. Mieux, non seulement elle me donna son accord, mais elle ajouta aussi qu'elle avait commis la plus grosse erreur de sa vie en épousant l'homme rationnel et assommant que j'étais. Cependant, comme elle ne s'estimait pas prête à formaliser notre échec, ni ne trouvait élégant de m'envoyer vivre dans un trois-pièces en compagnie de mon conseiller financier, elle m'invita à occuper l'appartement à l'étage du dessous. J'acceptai sans trop réfléchir.

Dès lors nous nous accordâmes une liberté totale dont, si je ne m'abuse, ni l'un ni l'autre ne profita beaucoup. Des premiers jours, je me rappelle nos rencontres fortuites dans le parking de l'immeuble, la chape de gêne qui nous oppressait et l'embarras expéditif de nos saluts. Au fil du temps, l'expression de Liz changea, passant de l'indifférence au trouble.

Cela me laissa perplexe : elle avait simulé des attitudes, des compétences, des émotions et des pans entiers de personnalité avec les membres de toutes les catégories professionnelles de la ville, et elle ne parvenait même pas à dissimuler devant moi la nature conventionnelle de ses sensations – qui révélèrent, à ma surprise, un amalgame de rancune et d'amertume à doses égales. Un samedi matin, nous nous croisâmes sur le palier de mon appartement et échangeâmes quelques mots. Aux mains de Liz pendaient deux sacs de courses que je lui proposai de monter à l'étage, politesse qu'elle accepta sans discuter. Sur le seuil, elle m'invita à entrer et à m'asseoir dans la cuisine pendant qu'elle préparait du café. Elle avait adopté un chat, que je regardai sauter sur le plan de travail, près des plaques de cuisson. Elle le chassa d'un coup de main, acheva de s'affairer autour de la cafetière et se mit à aligner des bocaux sur une étagère. Dans la lumière tamisée du matin, son visage était nimbé d'un halo délicat qui tranchait vaguement sur les contours voluptueux de ses fesses moulées dans un legging noir. Elle prit un biscuit dans un bocal et le mangea en enroulant une mèche de cheveux autour de ses doigts. La cafetière avait commencé à gargouiller : l'odeur du café se répandit dans la cuisine, apportant la dernière touche au résumé des avantages indiscutables de la cohabitation. Nous nous retrouvâmes bientôt au lit, occupés à négocier la légitimité de nos positions respectives sur un champ de bataille délicieusement connu.

Le sexe scella un accord silencieux en vertu duquel nous continuerions d'habiter nos appartements tout en acquérant le droit d'effectuer des incursions fréquentes l'un chez l'autre pour subir ou prévoir le genre de plaisirs que nous venions de nous infliger et être réconfortés lorsque silence et solitude ne suffiraient pas à adoucir l'âpreté de la vie.

Ce pacte rendit à mon existence un certain nombre de coordonnées habituelles, tout juste bouleversées par des événements d'un autre type. Au milieu de l'année, le siège londonien de l'ONS, l'Office national de statistique, où je travaillais en tant que responsable du département Affaires et Énergie, avait été endommagé par un attentat qui avait à moitié détruit le bâtiment de Drummond Gate. On avait transféré une partie du personnel au siège principal, à Titchfield dans le Hampshire, et installé les quatre autres départements, dont le mien, dans une construction massive située à la limite orientale de Ravenscourt Park.

Cette explosion nocturne avait inauguré une série d'actes terroristes dans toute la ville. À chaque déflagration, incendie criminel ou sabotage faisaient suite des revendications de natures diverses et contradictoires, presque certainement fausses, de brèves déclarations délirantes sur les sites clandestins d'écologistes sauvages, anarchistes, New Global, djihadistes et néo-révolutionnaires. Si les attentats étaient excessifs et spectaculaires, ils semblaient avoir été soigneusement préparés pour réduire au minimum le nombre de victimes collatérales. Banques, administrations, bibliothèques, monuments, sièges d'institutions privées, fondations de bienfaisance, associations culturelles ou sportives : aucun fondement de la civilisation occidentale n'échappa à l'outrage du TNT ou du feu. L'action terroriste fut suivie de black-out dans des quartiers entiers, résultat de raids sophistiqués dans les circuits télématiques des compagnies d'électricité. Les autorités paraissaient impuissantes. Scotland Yard se livra à des dizaines d'arrestations parmi la faune citadine des hackers et des subversifs, mais cela ne déboucha sur rien. Les analystes internationaux s'entendaient pour considérer les opérations londoniennes comme la répétition générale d'un attentat historique dont personne ne savait toutefois prévoir les délais ni la logistique.

En décembre de l'année suivante, Liz publia son deuxième livre. C'était un pamphlet étrange et passionné consacré à l'histoire de Sophie Lhurmann, une prostituée de luxe inculpée d'extorsion aux dépens de représentants des milieux de la culture et de la politique londoniens. Liz avait fait sa connaissance lors d'une de ses incursions dans les vies d'autrui sous une fausse identité et avait été foudroyée par l'ironie et la majestueuse dignité de cette femme. Au lieu de rédiger puis de classer son témoignage, elle s'en servit pour une enquête plus étendue sur l'hypocrisie sexuelle des Britanniques et le concept de culpabilité dans la culture occidentale. Si elle n'entendait réhabiliter personne – Sophie demeurait une prostituée accusée de délits très graves –, son habileté dans l'art de bâtir des intrigues l'amena à opposer, à travers la biographie controversée de cette femme, de colossales circonstances atténuantes à tous les crimes commis. Et comme elle ne s'attardait pas outre mesure sur les détails scabreux, Liz imaginait que son livre ne toucherait pas plus de trois ou quatre mille lecteurs. Or cette affaire mit à nu un nerf collectif plutôt obscur.

Six mois plus tard, la deuxième édition avait déjà été vendue à quarante mille exemplaires et elle atteignit les soixante-dix mille avant la fin de l'année. Le nom d'Elizabeth Brooks gagna une célébrité littéraire pour le moins respectable à laquelle je participai en faible part.

Une nuit, le photographe d'un quotidien nous vola quelques clichés à la sortie d'un restaurant, où nous apparaissions aussi éthérés et élégants que des stars de cinéma. Deux jours plus tard, le journaliste d'un hebdomadaire me proposa une interview que je décidai de lui accorder après mûre réflexion : je n'avais jamais aspiré à la notoriété, mais je pensais qu'un tour de manège médiatique favoriserait la carrière de Liz. Je parlai d'amour, de littérature, de statistiques, de ma passion pour les whiskys prestigieux.

Au milieu de l'entretien, je me surpris à songer que cette période historique difficile, à l'intérieur de laquelle le hasard avait introduit, en une étrange parenthèse, une ivresse de célébrité collatérale, constituait le sommet des expériences perturbantes auxquelles la vie me conduirait.

Je ne pouvais imaginer à quel point je me trompais. Je n'en avais littéralement pas la moindre idée.

2

J'ôtai ma veste et la drapai sur mon épaule gauche, suspendue au crochet que formaient mes doigts, selon l'iconographie classique du séducteur à la petite semaine. Tout près de Southampton Row se trouvait la gare de Holborn. Je m'y dirigeai sans hâte : mon portable indiquait 10 h 36.

J'atteignis ma destination en moins de deux minutes. L'accès à la gare était barré par deux voitures de police : deux agents fouillaient un homme de grande taille, peut-être un étranger, aux paumes appuyées contre la carrosserie, qui subissait cette opération avec la désinvolture d'un habitué. Je n'avais jamais assisté à une fouille. Deux autres policiers déroulaient un ruban jaune à l'entrée du bâtiment. Le dernier agent, une femme, se tenait immobile à un mètre du véhicule, une mitraillette au poing.

Je l'observai, planté près d'un poteau électrique à une dizaine de pas de distance. Soudain elle se tourna vers moi et se mit à m'examiner, l'index sur la détente. Elle avait l'air décontractée, mais je me demandai ce qui se produirait si je me jetais sur elle en criant quelques mots incohérents : elle était sans doute trop jeune pour avoir assez de sang-froid et s'abstenir de me cribler de balles. Je me laissais presque séduire par l'éventualité de m'en assurer quand son inspection s'acheva sur un sourire timide. Mon enthousiasme autodestructeur se dissipa. Au cours des dernières semaines, remarquai-je, le nombre de femmes de tout âge se livrant envers moi à des avances à caractère sexuel avait sensiblement augmenté. Je repris ma route.

Plus de sept kilomètres séparaient le cabinet du Dr Heldridge de mon bureau, soit une heure et demie de marche. Le faux bond du médecin ne m'accordait qu'un bonus imprévu de quarante minutes, mais j'étais bien décidé à marcher et je marcherais. D'après une série d'études cliniques publiées par l'Organisation mondiale de la santé, il faudrait accomplir au moins dix mille pas chaque jour pour être en bonne forme, et je n'étais pas du tout certain d'y arriver. Mon agenda regorgeait de rendez-vous dont j'avais presque tout oublié – interlocuteurs, objet de leurs demandes, emplacement des dossiers les concernant dans les archives ou de documents sur mon ordinateur. Mon téléphone sonnait en moyenne toutes les dix-huit minutes : combien de temps avais-je encore à ma disposition avant qu'il ne vibrât dans la poche de ma veste ? J'avais eu des difficultés à m'habituer à un rythme de vie de ce genre.

Des années plus tôt, je m'étais cru capable de m'adapter à tout (en enveloppant simplement chaque chose dans la toile d'araignée d'un stoïcisme obstiné, pour m'appliquer ensuite à la fractionner en termes psychiquement digestes et à l'assimiler morceau par morceau), parce que je m'étais accoutumé de bonne heure à la mort, pour autant qu'on puisse s'accoutumer à cette perspective totale. Avant d'atteindre la trentaine, j'avais déjà vu disparaître un frère, un excellent ami (dans le même accident d'avion), une institutrice, un camarade d'université, un collègue, deux voisins, trois chiens, onze chats, au moins vingt-sept connaissances ou parents éloignés, et j'avais actionné à l'occasion de la plupart de ces décès des mécanismes protecteurs d'une élégance et d'une solidité logique qui auraient sidéré quiconque en eût observé les effets.

Je vous prie cependant de ne pas vous méprendre. Toutes ces pertes m'ont fait souffrir, selon les inévitables nuances que cause la proximité affective. Mais environ soixante-trois millions de personnes meurent chaque année, soit un peu moins de un pour cent de la population mondiale, et m'imaginer à l'abri de la sélection naturelle au-delà d'un laps de temps dépassant les probabilités raisonnables ne compte pas parmi mes procédés de sauvegarde mentale.

Le monde est un drôle d'endroit, et j'aimerais soumettre tout nouvel arrivant à une série de rituels d'accès, à commencer par une cérémonie permettant d'officialiser cette constatation. Une aspersion d'eau baptismale ne peut égaler le choc salvateur de la certitude suivante : la vie est une histoire incompréhensible, et aucune religion, superstition ou loi physique n'est en mesure d'en expliquer le sens. Je pensais ne pas avoir à recourir aux consolations pénibles que recherchent les êtres humains tandis qu'ils se démènent sur un tronçon impétueux de leur existence, mais je me trompais, semble-t-il. Il est inconcevable de ne pas exiger d'explications pour certaines choses.

Et jamais, de toute mon existence, je n'avais eu autant besoin d'un avis éclairé.

Je virai dans Gate Street aux grandes maisons victoriennes serrées les unes contre les autres, tels les ouvrages d'une bibliothèque. Le trottoir fourmillait de monde. Un couple d'adolescents s'embrassait devant la vitrine d'une pâtisserie : les mains du garçon étaient glissées dans les poches arrière du jean de la fille. Un parc s'étendait de l'autre côté de la rue, l'air embaumait les fleurs et la menthe.

J'empruntai Kingsway. Un groupe de hassidim aux longues papillotes attendait au feu rouge. Une rafale de vent chaud remonta l'avenue, reniflant les jambes d'une fille ravissante qui portait un sac à dos en bandoulière. La bouche digne d'une publicité pour du gloss, elle distribuait des tracts aux passants. Elle me tendit le dernier en un geste vif.

ROCAMADOUR CONNAÎT LE SECRET

Voilà ce qui était écrit en caractères intimidants au milieu d'un bout de papier rose. Et derrière :

CHIROMANCIEN ET PROFESSIONNEL
DE L'OCCULTISME DEPUIS 1979 –
RÉSOUT LES PROBLÈMES
DANS TOUS LES DOMAINES
(AMOUR, TRAVAIL, SANTÉ) –
PREMIÈRE CONSULTATION GRATUITE

L'adresse indiquée était : 139 Ravenscourt Road. L'immeuble de mon bureau.

« Il n'y a pas de chiromancien à cette adresse, objectai-je.

— Comment le savez-vous ? répondit la fille en fouillant dans son sac.

— Je travaille là-bas.

— À l'Office national de statistique ?

— Exactement.

— Eh bien, vous devriez savoir qu'il y a, dans un coin du quatrième étage, un lieu enchanté avec vue sur le parc, d'où Rocamadour observe les événements.

— Enchanté ?

— Le propriétaire vient d'augmenter notre loyer. Deux mille deux cents livres par mois pour trente-cinq mètres carrés. On ne s'y attendait pas.

— Certaines choses sont imprévisibles, y compris pour un professionnel de l'occultisme. »

La fille s'empara d'une cigarette et l'alluma en me toisant. Elle souffla la fumée par la commissure des lèvres, comme un bagarreur des bas-fonds. « De quoi vous vous occupez, là-dedans ?

— Moi ? D'un tas de choses. Je rentrais justement au bureau pour en expédier quelques-unes.

— Comment vous y allez ?

— À pied.

— C'est une sacrée trotte. J'y vais moi aussi. Si vous voulez, je vous emmène.

— Non merci. D'après mon médecin, il faut que je marche le plus possible, faute de quoi l'arthrite aura attaqué mes articulations avant que j'atteigne quarante ans.

— Vous n'avez pas l'air d'un arthritique.

— Tu devrais me voir au réveil. Cinq minutes de manœuvres uniquement pour quitter le lit.

— Vous devriez passer chez nous et en parler à mon père.

— Quel est son métier ? Orthopédiste ?

— Non. Pranothérapeute. Maître de reiki et de massage métamorphique.

— Nous parlons bien de Rocamadour, non ? De quoi s'occupe-t-il d'autre ?

— Rabdomancie, tarots. Constellations familières. Magie blanche et rouge. Alchimie égyptienne. Ayurveda. Médium. Membre de la Société britannique de toutes ces disciplines. Dernier étage, porte C.

— Je ne te promets rien. L'ascenseur me terrifie et monter l'escalier me demande des efforts surhumains.

— Vous ne voulez pas que je vous dépose ? Sûr ?

— Sûr et certain. Mon besoin de marcher est pour le moins vital. »

Le feu passa au vert, et je pris congé de mon interlocutrice en simulant une légère boiterie avec succès jusqu'à l'angle de Kingsway et High Holborn.

Un chiromancien. C'était peut-être à ce genre d'individus que je devais m'adresser pour obtenir des réponses.

Je traversai la rue en hâtant le pas. J'étais persuadé qu'on ne tarderait pas à me téléphoner pour me demander où j'étais. À mi-chemin, je tombai sur le Tattoo Hut de Louis Agostinelli et m'immobilisai devant la vitrine en hésitant à entrer pour saluer ce cher Louis.

Il était natif de Leicester, comme moi. Nous avions fréquenté la même classe, au lycée, et ne nous étions plus jamais perdus de vue. Mais je n'avais pas de nouvelles de lui depuis deux mois. J'ouvris la porte de la boutique et me penchai à l'intérieur. L'entrée était déserte. Photos de tatouages aux murs et sculptures ethniques dans les coins. Une musique relaxante s'échappait des enceintes fixées au mur. Derrière le comptoir s'ouvrait un vaste passage filtré par un rideau de perles.

« Louis ? » appelai-je.

Sa grosse figure surgit du rideau.

« Je ne peux pas le croire ! s'exclama-t-il. Une apparition ! Une vision ! Un rêve dans le rêve ! »

Son visage disparut de nouveau et il dit à quelqu'un :

« Ne bouge pas. Deux minutes de pause. »

Je l'entendis se lever. Il ressurgit en se démenant non sans difficulté avec les perles, avant de me rejoindre sur le seuil. Nous nous étreignîmes affectueusement.

« Ça fait des mois que tu ne donnes pas de nouvelles, dit-il.

— Toi, tu pourrais appeler, non ?

— À quoi bon ? Chaque fois que j'essaie, ton portable répond occupé. Tu vas finir par attraper une saloperie au cerveau, Kurt.

— Je sais. Au moins, mon épitaphe est prête : mort par overdose de disponibilité. Où est ta femme ?

— Elle est allée imprimer des photos, des gravures que nous avons vues le mois dernier dans un temple hindouiste à Taman Ayun. Tu devrais voir ça, c'est spectaculaire. Et comment va Liz ?

— Bien, je dirais. Le succès l'a apaisée. Elle a même pris quelques kilos ces derniers temps, mais évidemment je n'ose pas lui dire.

— Sûr. Il suffit de penser au Bouddha. Avant d'atteindre l'illumination, il est maigre et spirituellement tourmenté. Après, on le représente pansu et souriant. Ce n'est sûrement pas pour rien. »

Il se rapprocha de moi.

« À propos d'ascétisme, tu es toujours intéressé par le cul ? »

Je levai les mains.

« Tu me connais, Louis. Depuis que je suis marié, mon intérêt pour ce sujet est monodirectionnel.

— Tu dis ça parce que tu ignores qui se trouve dans la pièce d'à côté.

— Qui ça ?

— Lindsay Vega en personne. Porno star galloise, étoile montante du hard mondial. Deux statuettes aux derniers

Oscars du porno. Meilleure fellation et meilleure scène de sexe anal. Le prince Harry la suivait sur Instagram avant que Meghan lui lance une de ses fatwas.

— Plus rien ne me surprend désormais.

— Freddie me l'a envoyée.

— Aurais-je interrompu quelque chose de privé ? »

Il réfléchit un moment.

« Attends-moi là. »

Il tourna les talons et disparut une nouvelle fois dans l'arrière-boutique. Je l'entendis s'entretenir avec quelqu'un. Il ressurgit quelques instants plus tard.

« Viens. »

Je pénétrai dans la pièce, suivi d'un murmure de perles. Louis s'était déjà assis au pied du divan sur lequel était allongée une blonde d'environ vingt-cinq ans. Avec un retard inexplicable, je me rendis compte que le bas de son corps était entièrement nu. Ses chevilles reposaient sur deux étriers improvisés que je finis par reconnaître : c'étaient les béquilles que Louis avait utilisées pendant sa longue convalescence, après l'accident dont il avait été victime lors d'une course de VTT l'année précédente. L'objet de ses attentions n'était autre que le sexe parfaitement épilé de la fille.

« Oh, pardon ! m'exclamai-je.

— Kurt, Lindsay, dit Louis. Lindsay, Kurt.

— Salut, Kurt.

— Bonjour », répondis-je en regardant les pieds nus qui pendaient des béquilles. Un ventilateur à hélices tournoyait paresseusement au-dessus de nos têtes.

« Lindsay souffre d'une légère forme de vitiligo, déclara Louis. La partie la plus touchée est justement celle que je traite. »

Je toussotai en glissant sur les sous-entendus involontairement ironiques de l'expression *la plus touchée.* Lindsay m'examina de la tête aux pieds.

« Freddie m'a expliqué qu'avec les nouveaux standards de prises de vues en haute définition on remarque tout, poursuivit Louis, et ces légères variations de couleur sur les grandes lèvres sont trop évidentes. Il veut que je leur donne une teinte unie.

— Qui est Freddie ? »

Louis se tourna vers moi.

« Comment ça ? Freddie. Freddie Lobstein. C'est toi qui me l'as présenté. Vous avez fait votre première année ensemble à Southampton. Il était à ma table le jour de ton mariage.

— Lobstein ? Tu veux dire Freddie the Lobster ?

— Ce n'était pas de lui qu'on parlait la dernière fois ?

— Louis, je ne vois vraiment pas le rapport entre Freddie et les défauts chromatiques que comporte la région vulvaire de cette fille.

— Freddie est mon manager, affirma cette dernière.

— Ton quoi ?

— Son agent, confirma Louis.

— Comment ça ? Je croyais que Freddie était professeur de mathématiques. Il a obtenu sa maîtrise avec mention très bien grâce à un mémoire sur les problèmes transinformatiques, non ?

— Non, il n'a pas eu la mention très bien. »

Lindsay continuait de m'observer. Elle avait les yeux félins et les traits doux des filles des hauts plateaux gallois, mais sa familiarité avec les expressions sensuelles avait laissé une trace sans équivoque sur son visage. Je me demandais si elle parviendrait un jour à s'en débarrasser, ou si l'éloquence involontaire de ces clins d'œil la bannirait encore de la bonne société britannique des dizaines d'années après l'imprudente parenthèse professionnelle à laquelle elle s'était consacrée dans sa jeunesse. Je l'imaginai à l'âge de cinquante ans, cajolant avec d'étranges grimaces lascives un petit-fils de trois mois avant de l'offrir aux rites d'un prêtre, sous le regard éternellement gêné des membres de sa famille.

« Comment tu trouves ? me lança-t-elle.

— Pardon ?

— Le travail de ton copain en bas. Comment tu trouves ça ? »

Pour répondre, il me fallait cesser de promener le regard entre affiches et bibelots en forme de crâne et m'appliquer à l'observation scrupuleuse de la zone d'intervention.

« Tu as raison de lui poser la question, chérie, dit Louis en s'écartant pour me permettre de regarder. Avant de se marier, Kurt était un spécialiste dans ce domaine.

— Quel domaine ? interrogea-t-elle.

— Celui sur lequel j'œuvre en cet instant.

— Ne fais pas l'imbécile, l'avertis-je.

— Pourquoi tu ne t'approches pas ? » demanda la fille.

Louis s'était tourné vers moi dans l'attente de mon jugement. Je fis deux pas et affichai une sobre dignité en croisant les bras pour manifester mon détachement et mon objectivité. Je me penchai en avant, tel un critique d'art lors d'une exposition. Le vagin de Lindsay était petit et bien dessiné : les grandes lèvres, légèrement tuméfiées par l'aiguille, avaient une couleur agréable et homogène. Freddie n'aurait aucune raison de se plaindre : Louis accomplissait son travail avec son adresse habituelle. Deux minuscules taches subsistaient à la frontière du vagin et du périnée.

« Ça m'a l'air parfait », dis-je.

J'avais effectué mon observation en une apnée pleine de respect, comme devant un tableau dont la puissance expressive vous coupe le souffle, mais, avant de me redresser, je reniflai discrètement, m'efforçant de percevoir une trace olfactive émanant du sexe de la fille. Rien. Seuls le parfum de sa crème pour le corps, l'odeur des aisselles de Louis et la vague senteur minérale des pigments employés parvinrent à mes narines.

Lindsay profita de cette pause pour s'installer plus confortablement sur les coussins qu'elle avait sous les fesses.

« Et toi, qu'est-ce que tu fais de beau ? me demanda-t-elle.

— Moi ? Rien d'intéressant.

— Il s'occupe de statistiques pour un organisme gouvernemental, intervint Louis.

— Ça n'a pas l'air très excitant.

— Ce travail a ses moments de crise, dis-je, mais je ne crois pas qu'il approche le niveau d'excitation du tien.

— Donne-moi une statistique excitante.

— La carrière de quatre-vingt-dix pour cent des actrices porno dure moins de deux ans.

— Vraiment ?

— Tu aimes ton métier ?

— Et toi, tu aimes me regarder pendant que je le fais ?

— Je ne crois pas en avoir jamais eu le privilège.

— Tu n'aimes pas regarder deux personnes qui font l'amour ?

— Cela n'est pas, à mon avis, une définition rigoureuse de la pornographie.

— C'est bien d'être marié ?

— Oui, mais il y a des moments de crise.

— Moi, je me marierai sûrement. Dans cinq ou six ans j'irai vivre dans une petite ville dans le centre de l'Italie ou le sud de l'Espagne, je rencontrerai un brave garçon avec une bonne situation et on s'installera dans une belle maison avec un grand jardin. Le jardin est important. Et je veux qu'il y ait tout près un parc public. Je veux y emmener nos enfants. Et je veux un chien qui les surveille. Un gros chien patient, très patient. Quelles sont les chances pour une star du porno de voir ces rêves se réaliser, d'après toi ? »

Louis ricana.

« Je ne sais pas, répondis-je. Il faudrait que je consulte des études à ce sujet. Je te tiendrai au courant. »

Louis prit un tube de crème sur la table et en étala délicatement une dose sur le sexe de la fille.

« Doucement, fit-elle. J'ai la chatte en feu. »

C'est alors que Jill entra à travers le rideau de perles.

« J'avais l'impression d'avoir reconnu ta voix, dit-elle en m'embrassant. Comment vas-tu, chéri ? »

Je l'étreignis à mon tour. Elle posa ses bras hyper tatoués sur mes épaules et déposa un petit baiser sur ma bouche. L'exubérance de ses saluts, peu conformes aux habitudes britanniques, me surprenait toujours un peu.

« Bien, merci.

— Et comment va Liz ?

— Elle est plus calme que d'habitude.

— Elle le serait encore si elle te voyait ici ? jeta-t-elle en indiquant le divan.

— Ton mari voulait… hum… me présenter Mlle Vega.

— Qui semble dans la position appropriée pour faire de nouvelles connaissances.

— Je t'en prie, Jill », intervint Louis. Il se leva de son tabouret et posa la crème sur la table, avant de se diriger vers un placard et d'en tirer deux paquets de compresses qu'il tendit à sa femme. « Attends quelques minutes, puis sèche bien la zone et mets-lui ça.

— Où vas-tu ?

— Boire un verre avec Kurt.

— Tu as un autre rendez-vous dans une demi-heure.

— Je sais.

— Jill, il faudra qu'on se voie tous les quatre un de ces soirs, déclarai-je. On m'a dit beaucoup de bien d'un restaurant coréen à deux pas de Trinity Church.

— Quand tu veux », répondit-elle en observant d'un regard peu amical le vagin de Lindsay.

Je me tournai vers cette dernière : « Au revoir, mademoiselle, ce fut un plaisir. »

Lindsay effleura de ses lèvres la pointe de ses doigts et me lança un baiser.

Nous sortîmes. High Holborn Street étincelait dans la lumière du printemps. Je levai le visage et savourai la caresse du soleil.

Louis posa une main sur mon épaule. « On va chez Ted ?

— Il ne vaut mieux pas. Je dois filer. Je n'ai pas mis les pieds au bureau depuis hier après-midi.

— Juste une goutte. Dans cinq minutes tu auras le cul dans ta voiture.

— Je suis à pied.

— Parfait. Alors on avale un verre et je t'accompagne au bureau.

— Non, Louis. Cette fois, c'est définitif. Il faut vraiment que j'y aille.

— J'insiste. J'ai besoin d'une bière pour me ressaisir. J'ai résisté pendant une heure à la tentation de mordre la chatte de cette fille. »

Je glissai une main dans ma poche et en tirai la canette.

« Voici un remède à tes élans d'anthropophagie génitale. »

Il saisit l'objet qu'il examina, l'air perplexe.

« Comment se fait-il que tu te promènes avec ce truc ?

— Laisse tomber.

— Je t'accompagne au bureau. Ça ne me coûte rien.

— Ça te coûte ta pause. Et moi, j'ai besoin de marcher. Vraiment. »

Il haussa les épaules.

« Comme tu veux. On se voit quand ?

— Bientôt. »

Nous nous saluâmes avec la même étreinte qu'un peu plus tôt, après quoi je m'acheminai vers New Oxford Street. Je m'y étais engagé depuis moins de dix secondes quand mon portable se mit à sonner.

« Wendy Smith, dis-je.

— Je sais qui je suis, Kurt. En revanche, je ne suis pas certaine de me souvenir de toi. J'ai l'impression de ne pas t'avoir vu depuis plusieurs jours. As-tu l'intention de passer au bureau ce matin ? Les téléphones sont bouillants et je ne sais plus quoi inventer pour te couvrir. J'ai la sensation d'être Pénélope au milieu des… quel était leur nom déjà ?

— Les prétendants.

— J'aimerais savoir où tu es exactement. Si ce n'est pas trop te demander.

— Je me promène à Holborn. Mon cap est approximativement ouest-sud-ouest. Je te prie de remarquer que c'est la direction du bureau et que ce détail n'est pas négligeable.

— Holborn ? C'est très loin. Tu veux que je vienne te chercher ?

— Non.

— Kurt, il va te falloir deux heures de marche.

— Je le sais, bordel. Mais je veux arriver au bureau avec

mes deux jambes. Tous les individus que je rencontre depuis vingt minutes me proposent de m'accompagner en voiture. Je veux me débrouiller seul. Sans l'aide de qui que ce soit.

— Kurt, ça fait un moment que je voulais te le dire : je m'inquiète beaucoup pour toi.

— Il n'y a aucune raison. Je suis parfaitement capable de m'en tirer tout seul. Je me trouve au cœur de la plus grande métropole d'Europe, pas au milieu du Ténéré.

— Comme tu veux. Mais je t'avertis que la situation ici est incontrôlable, et je peux te garantir que ton esprit de survie sera mis à rude épreuve. Terminé. »

Elle raccrocha brusquement. Je regardai l'écran du portable. Blesser la sensibilité de ma secrétaire était la dernière chose au monde que je voulais. J'envisageai de la rappeler, puis je me dis que la meilleure façon de m'excuser consistait à le faire de vive voix et le plus tôt possible. Il convenait d'abandonner mon projet de marche.

Je vis passer un taxi. Je levai la main pour l'arrêter, mais il m'ignora. Le temps de baisser le bras, et une deuxième voiture, surgissant de la direction opposée, s'immobilisa tout près de moi. La vitre se baissa et un visage apparut.

« Où est-ce que je te conduis, l'ami ? »

Je traversai la rue, ouvris la portière et m'assis sur la banquette arrière. Je lus le nom du chauffeur sur la licence fixée au tableau de bord.

« *L'ami ?* me contentai-je de commenter. Je ne savais pas que le Transport for London avait aboli les cours d'éducation pour taxis. Tu es anglais, n'est-ce pas ? Tu n'as donc même pas l'excuse de la langue. »

Il me jeta un regard humilié dans le rétroviseur.

« Je ne voulais pas vous manquer de respect, monsieur. Mais c'est aujourd'hui mon dernier jour de travail, mes quarante-deux ans de service prendront fin dans vingt minutes.

— Je comprends. Tu es de bonne humeur et tu communiques ta satisfaction à tous tes passagers.

— Oui, monsieur. Et ce n'est pas tout. Étant donné que vous êtes le dernier client de ma vie, je vous conduirai n'importe où gratuitement.

— Ce n'est pas possible, murmurai-je.

— Pardon ?

— Je n'arrive pas à le croire. C'est ridicule.

— Ridicule ? Comment ça ?

— C'est absurde.

— Je ne comprends pas.

— Ce n'est pas grave. De toute façon, j'ai l'intention de rétablir un minimum de normalité, du moins te concernant. Parce que non seulement tu vas me conduire à destination, mais, avant de parcourir le moindre mètre, tu actionneras aussi ce maudit compteur, emblème du temps et de l'argent qui dominent toute chose. Car c'est ce que tu obtiendras à la fin de ta course, *l'ami* : de l'argent. De l'argent en échange de ton temps. Tu recevras ta maudite récompense bien méritée, à laquelle j'ajouterai un pourboire. Il est hors de question que j'interrompe un rituel d'une durée de quarante-deux ans. Je te paierai ton dû et je m'en irai de mon côté. »

Le chauffeur de taxi, qui s'était retourné, me fixait, bouche bée.

« T'es dingue, murmura-t-il.

— J'aimerais bien ! Hélas, la solution n'est pas aussi simple, je le crains. Et maintenant, assez bavardé. Conduis-moi au 139 Ravenscourt Road et actionne ce putain de compteur. Je t'en donnerai, de la course gratuite.

— Je ne t'emmène nulle part. Sors de mon taxi.

— Ce n'est plus ton taxi, mon frère. Tu as presque rendu ta licence. Dans moins de vingt-quatre heures, il appartiendra à un nouveau martyr de la circulation durable.

— Sors de cette putain de caisse ou je te fous dehors. »

J'ouvris la portière et sortis de la voiture. Il redémarra sur les chapeaux de roue après m'avoir jeté un dernier coup d'œil hébété. Je n'eus même pas le temps de simuler un minimum de regret pour l'outrage insensé dont je m'étais rendu coupable envers sa dernière course. Je jetai un regard circulaire, à la recherche d'un autre véhicule. Au même moment, l'avant d'un vieux black cab apparut au bout de l'avenue. Je le hélai. Le chauffeur m'adressa un appel de phares et commença à ralentir. Je m'apprêtai à monter en priant pour échapper au énième épisode de la subversion permanente au bon sens que ma vie était devenue au cours des derniers mois.

3

J'arrivai au bureau peu après onze heures, à temps pour assister à la baisse de productivité qui précède habituellement la pause déjeuner de l'employé modèle. Le phénomène s'était accentué depuis le début du printemps, Londres et tout le sud de l'Angleterre ayant battu divers records de température – énième indice d'une compromission irréversible des systèmes de régulation climatique planétaires et présage d'imminents scénarios-catastrophe : calottes polaires amputées de moitié, océans phagocytant les côtes, ouragans, épidémies de peste et cavaliers de l'Apocalypse alignés sur les collines du Yorkshire tels des hérauts de l'extinction. Les vingt-neuf degrés annoncés à la radio sur la côte de Douvres n'étaient autres qu'un avis d'expulsion que la planète Terre délivrait à l'humanité.

Je parcourus le couloir, les mains dans les poches, en lorgnant les bureaux. Je répondis avec impassibilité aux regards des rares employés qui remarquèrent mon passage. L'un d'eux se redressa brusquement et se mit à taper comme un forcené sur le clavier de son ordinateur, simulant un intérêt renouvelé pour ses tâches du matin. J'envisageai de m'arrêter et de le rassurer par une brève considération sur la futilité de la vie, puis décidai de m'épargner un nouveau papillonnement de coups d'œil minables. Je pénétrai dans mon bureau et découvris ma secrétaire penchée sur le dernier tiroir du classeur. L'élastique noir de sa culotte dépassait du bord supérieur de sa jupe.

« Wendy, je ne crois pas que la directive interne interdisant aux secrétaires des cadres supérieurs de porter de la lingerie ait été abrogée », dis-je.

Elle se releva pour ajuster sa jupe en affichant un sourire glacial.

« Vérifie le règlement si tu ne me crois pas. C'est, me semble-t-il, dans la section consacrée à l'optimisation du temps de travail. »

Je m'assis dans mon fauteuil en cuir noir après avoir contourné ma table, envahie par les dossiers et les papiers. Je m'étirai et jetai un coup d'œil à travers la fenêtre. La brise soulevait sur le lac, au centre de Ravenscourt Park, des vaguelettes étincelantes qui évoquaient les écailles d'un monstrueux serpent préhistorique à la recherche de proies. Wendy s'approcha du petit canapé, de l'autre côté de mon bureau, et s'assit sur l'accoudoir. Cela ne s'était jamais produit auparavant. Elle paraissait avoir besoin d'un point d'émission vocale plus proche et plus direct que d'habitude, ce qui sous-entendait des sentiments peu flatteurs à l'égard de mes capacités d'entendement.

« Je ne voulais pas être brusque au téléphone, lui dis-je. Excuse-moi. Je traverse une période un peu compliquée.

— Je vois ça. » Elle ouvrit l'agenda qu'elle avait à la main. « Robson a appelé il y a une demi-heure. Il veut savoir où en sont tes prévisions concernant les flux migratoires des anciennes colonies pour les deux prochaines années.

— Bonne question. Où en sont-elles ?

— Steve Sumner, de la BBC, t'a envoyé un mail ce matin. Il demande si la divulgation des données sur la mortalité par des bactéries d'une souche hyper résistante dans les hôpitaux pédiatriques du nord de l'Écosse se heurte toujours à un veto officieux. Je te rappelle que tu as rendez-vous avec Richard Joyner à quatre heures et demie au Yellow Airship, et que l'ambassadeur du Japon t'attend dans son bureau à sept heures pour discuter du dossier consacré aux massacres de dauphins à Taiji. Cela fait des semaines que les journaux les stigmatisent, en proie à un énième sursaut animaliste.

— Qui est Richard Joyner ?

— Un des administrateurs de Zolox Limited.

— Et qu'est-ce que Zolox Limited ?

— Tu as une note quelque part. J'essaie de mettre de l'ordre sur ta table, mais j'ai l'impression que tu ne t'en occupes pas depuis des semaines.

— Les critiques sont interdites dans ce bureau. Du moins, de la part de secrétaires qui bafouent le dress code de l'entreprise.

— Kurt, au risque de me répéter, je m'inquiète.

— Et moi, je te répète qu'il n'y a aucune raison de s'inquiéter. Je vais retrouver la note et y jeter un coup d'œil. Appelle Robson et dis-lui que je lui communiquerai ces données d'ici jeudi. Écris au type de la BBC que le veto est passé d'officieux à officiel. Envoie McCoy, du secteur H, à l'ambassade : il me ressemble vaguement, et les Japonais ne sont pas très physionomistes en ce qui nous concerne. Pas plus que nous ne le sommes avec eux, d'ailleurs, laissons l'Histoire déterminer qui a copié l'autre. Ah, j'oubliais, téléphone à Bob Lewis, dis-lui que j'ai eu un grave… hum… contretemps intestinal et qu'étant intimement convaincu qu'il est d'origine virale je préfère par scrupule repousser notre rendez-vous à une date indéfinie. Bob ne se fâchera pas, il est très sensible à ces amabilités prophylactiques.

— D'accord.

— Savais-tu qu'un chiromancien travaille dans cet immeuble ? Certains individus ont l'art de s'introduire furtivement dans les ganglions sains de la société. C'est incroyable.

— Furtivement ? Je ne dirais pas ça. Il y a une plaque en bas avec ses horaires.

— Une plaque ?

— Près de l'interphone.

— Je croyais qu'il s'agissait d'un chiropracteur. Ce n'est pas très lisible.

— Kurt, ça t'ennuie que je rentre déjeuner chez moi ? Ma fille a de la fièvre et j'aimerais être avec elle. Je risque de revenir un peu plus tard que d'habitude.

— Quelle question ! Reviens quand tu veux et embrasse la petite de ma part. »

Elle tourna les talons et sortit. Je regardai ses cheveux ondoyer en une sévère queue-de-cheval. Quel était le prénom de sa fille ? Je ne l'avais toujours pas mémorisé.

Wendy était veuve depuis quatre ans. Philip, son mari, avait découvert qu'il était gravement malade une semaine après qu'elle lui avait annoncé sa première grossesse. L'évolution de sa maladie ayant été asymptomatique, il avait pu la déguiser pendant des mois. Les médecins lui avaient administré trois chimiothérapies, dont il avait minimisé les effets en les faisant passer pour une recrudescence de la colite ulcéreuse dont il souffrait depuis des années. Sa santé s'était brutalement détériorée trois jours après l'accouchement, comme si le destin avait voulu souligner une seconde fois que son sort et celui de son bébé étaient liés. Au retour de la clinique, il avait déposé non sans mal le couffin sur le lit, puis s'était effondré dans un fauteuil et avait tout avoué à sa femme. Une semaine seulement avait séparé cette tremblante confession de sa dernière hospitalisation : Philip s'était accordé une agonie de quelques heures et avait expiré par une nuit de fin septembre.

Davantage que cette preuve de dignité surhumaine, c'est l'art avec lequel son mari l'avait leurrée pendant sa grossesse qui avait apporté à Wendy une étrange forme de consolation. Philip ne s'était pas contenté, en effet, d'adopter une stratégie du mensonge pure et dure, il avait orchestré une vie parallèle constellée d'indices diaboliquement concrets sur la virulence de son ulcère, balayant le moindre doute avec l'habileté d'un funambule de l'allusion : les boîtes de Nizaxid, sur la table de nuit, dont il prenait une gélule chaque jour ; la prescription régulière d'une échographie abdominale par son gastro-entérologue ; l'intérêt qu'il simulait pour les régimes alternatifs. Le tout agrémenté de cette patiente résignation des êtres qui se préparent à cohabiter pendant des dizaines d'années avec une affection fastidieuse, mais tolérable, un tribut à payer à la vie moderne, à la mauvaise cuisine anglaise, au stress du travail, aux heures perdues dans les embouteillages, à l'impatience de ses clients, à la pollution de l'air, au climat en révolte, à une sorte de Zeitgeist clinique auquel il feignait de s'être livré avec un sobre réalisme. Il s'était agi d'une incroyable mise en scène, d'un décor en papier mâché pour le spectacle de fin d'année, mais aussi d'une représentation tridimensionnelle de tout l'amour qu'il éprouvait pour elle.

Wendy sentit que ce vide pouvait être comblé, au moins en partie, par la gratitude, et son chagrin, soulagé par le charme stupéfait qui vibrait encore dans son cœur. Au vide avait succédé la résignation, puis une froide dureté qui ne la quitterait plus. Elle avait été engagée dans mon département deux ans après la mort de son mari. Elle se montrait réservée avec ses collègues, neutre dans ses gestes, mesurée d'une façon qui confinait à l'impersonnalité si l'on exceptait de rares mais mémorables incursions dans l'humour imprudent des rancuniers : elle était plus gentille et plus accueillante avec moi, attitude que j'espérais pouvoir attribuer à une tiède affection bâtie sur des jours partagés et des paroles échangées, non sur le simple respect de la hiérarchie. Elle faisait preuve d'une réticence brejnévienne pour ce qui était de sa vie privée : si ses histoires appartenaient au domaine public, c'était seulement en vertu de comptes rendus invérifiables issus du bavardage d'entreprise. Elle n'avait plus eu de liaison sentimentale – tel était le seul détail de sa biographie non autorisée sur l'authenticité duquel j'étais prêt à parier, moi aussi. Les relations avec l'autre sexe ne l'intéressaient plus, c'était une évidence pour tous. Elle avait des ancêtres natifs de Cork, et le vert vif de ses yeux constituait la meilleure preuve de ce quart maternel de sang irlandais. Au travail, elle était attentive et scrupuleuse, capable d'atteindre des sommets de véritable abnégation : j'aimais bavarder avec elle, et il m'arrivait de lui adresser quelques petites allusions sexuelles en veillant à laisser transparaître ma totale innocuité. J'étais persuadé que la dernière période de vie commune avec son mari, la route brumeuse que Philip avait suivie pendant des mois, s'était conclue par le naufrage d'innombrables illusions, et je ne voulais pas lui donner l'impression que j'adoucissais ma personnalité en fonction de ses traumatismes, l'obligeant à se débattre une fois de plus avec le mensonge au nom d'une prudence excessive toujours prête à se changer en pure et simple pitié. Il semblait que sa double gestation – active de mère et passive de femme-fœtus, élevée dans une réalité falsifiée par son conjoint agonisant – lui avait garanti un droit inaliénable à la vérité. Elle s'était retrouvée mère et veuve en l'espace d'une bonne semaine et avait suffisamment grandi pour voir le monde tel qu'il était. J'avais donc cru bon de lui offrir une image de ma personne la plus conforme possible à la réalité – celle d'un homme marié, obsédé par le corps des femmes, certes, mais fondamentalement fidèle, qui jugeait sa secrétaire attirante et n'hésitait pas à le souligner avec une dose mesurée d'ironie charnelle, sans banaliser toutefois ce stéréotype jusqu'à la vulgarité ou à une maladroite tentative de séduction. Cette attitude ne paraissait pas lui déplaire. L'inquiétude qu'elle éprouvait à mon égard confirmait en apparence l'hypothèse selon laquelle je n'étais pas uniquement, à ses yeux, le chef amusant et impétueux que je m'efforçais d'être. Voilà pourquoi, assis dans le fauteuil de mon bureau, j'hésitai quelques minutes à lui livrer mes soucis.

Je finis par m'en abstenir : il n'était pas opportun d'obliger les autres à franchir certaines limites du bon sens.

Je saisis le combiné et téléphonai à Wayne. Il répondit à la seconde sonnerie.

« Te voici enfin, dit-il.

— C'est une journée problématique, Wayne.

— As-tu au moins dix minutes pour m'expliquer deux ou trois choses ?

— Cinq. Et c'est même trop.

— Je m'en contenterai. Kurt, que fais-tu exactement à ton bureau ? De quoi t'occupes-tu ?

— Quelle question ! Tu le sais très bien. Je dirige un département de l'Office national de statistique.

— Je voulais dire : que fais-tu concrètement ? Quelles sont tes occupations habituelles ? Tu arrives au bureau, accroches ta veste, t'assieds à ta table, te grattes les fesses… et puis ? Que fais-tu ?

— Pourquoi me poses-tu cette question ?

— Ne peux-tu pas me répondre tout simplement ?

— Bon. Je me conduis comme n'importe quel cadre supérieur. J'allume mon ordinateur, vérifie mon courrier, convoque mes collaborateurs, passe un nombre d'heures scandaleux au téléphone. En particulier, je coordonne les activités d'un groupe d'individus dont la tâche principale est de recueillir des informations et de les agencer selon des modèles prédéfinis. Quand ces modèles sont inexistants ou insatisfaisants, nous en créons tout exprès, ce qui est heureusement rare. Je supervise un peu tout : je conseille, exhorte, avertis, censure les conclusions hâtives et aiguillonne mes subalternes qui les renvoient à plus tard. De temps en temps, j'ai des rendez-vous avec des êtres humains aux exigences irréelles, puisqu'ils voient presque tous dans des statistiques favorables le sortilège qui les libérera de leurs angoisses métaphysiques. Durant les temps morts, je harcèle ma secrétaire avec des blagues irrésistibles.

— As-tu encore le sentiment d'être un statisticien pur ? Ou le fait d'être un cadre supérieur t'a-t-il ramolli ? Y a-t-il de la graisse sur tes abdominaux de théoricien des probabilités ? »

L'allusion aux abdominaux n'avait rien de fortuit. Wayne avait obtenu une maîtrise d'économie à Harvard, il avait étudié les mathématiques et les analyses des systèmes aux États-Unis. Il avait été, dans sa jeunesse, un grand type maladroit et en surpoids, aux épaules tombantes, et qui ne souffrait aucune nourriture saine, mais il avait quitté Boston en incubant l'embryon de la proverbiale passion nationale pour la culture physique. De retour à Londres, il s'était donc inscrit, à la grande surprise de sa famille et de ses amis, à une faculté de sciences motrices et avait élaboré en l'espace de trois ans un projet de vie extravagant dont l'idée avait précisément germé durant les longues heures qu'il avait passées à la salle de gymnastique de l'université : proposer à ses clients d'intégrer les conseils financiers à une évaluation tout aussi minutieuse du genre d'activité physique adaptée à leur biotype constitutionnel en leur préparant une fiche d'entraînement et en les assistant dans leurs exercices quotidiens. Il prétendait s'inspirer de l'universalité des artistes de la Renaissance : selon lui, il convenait d'ajouter au travail une seconde activité rémunératrice – un simple hobby n'obligeait pas à maîtriser vraiment la matière – et d'attendre le double sursaut créatif qui en découlait presque toujours.

« Je ne crois pas, répondis-je. Je suis toujours en grande forme. J'ai encore une grande familiarité avec le royaume des conclusions arbitraires.

— Dans ce cas, réponds à ma deuxième question, Kurt.

— Je t'écoute.

— Dans une conjoncture boursière aussi compliquée que la nôtre, selon quelles probabilités les cotations de quatorze titres, dont la moitié est à moyen et haut risques, risquent-elles de monter pendant plus de cent jours d'affilée ? »

Je réfléchis quelques secondes.

« Je l'ignore. Selon de très faibles probabilités, je crois, mais je n'en suis pas certain. Être un spécialiste des statistiques ne signifie pas avoir la réponse à chaque question, surtout lorsqu'on ne dispose pas de données précises concernant les fluctuations moyennes d'un phénomène.

— Écoute-moi. J'ai acheté avant-hier à ton nom, pour la somme de deux mille livres, des actions de Coulder Incorporated qui étaient en chute libre depuis quelques jours, après les accusations de graves irrégularités fiscales dont ses administrateurs avaient fait l'objet.

— Visais-tu une hausse ?

— Mais non, voyons. Aucun signal ne permettait de prévoir une inversion de tendance. Mais je voulais une confirmation à certains de mes soupçons, et je l'ai obtenue. À dix heures du matin, le titre a interrompu sa chute. Une heure plus tard, le président a annoncé la fusion imminente de sa société avec un des plus gros conglomérats du secteur : c'est alors qu'a eu lieu un rachat systématique des actions qui a conduit à une hausse de soixante-huit pour cent sur la cote d'ouverture. »

Wayne baissa le ton d'une octave.

« Il y avait cinq autres titres en chute libre ce jour-là et il m'a fallu un peu de temps pour choisir celui sur lequel j'investirais. J'ai fini par opter pour le plus bas. Il a ressuscité deux heures plus tard, alors que les autres étaient suspendus pour excès de baisse. *Tous* les autres. Comment est-ce possible, Kurt ?

— Je n'en ai pas la moindre idée.

— Ah non ? Eh bien, moi non plus. Et j'ignore par quel mystère toutes tes actions sont en hausse pour la quinzième semaine d'affilée. *Toutes*. Obligations, placements de bon rapport, devises étrangères, fonds à très haut risque. Les titres que tu possèdes n'ont pas faibli une seule fois au cours des trois derniers mois : jour après jour, ils grimpent tout doucement, inexorablement, et de manière irritante, au beau milieu du chaos général, et ces augmentations sont parfois si modestes qu'on ne les remarque même pas. Je suis habitué aux bizarreries du marché, Kurt, mais là, nous avons dépassé de beaucoup ce stade. Il ne s'agit pas de délit d'initié : je sais que tu n'as pas d'informateurs secrets et, en admettant même que tu en aies, tu m'as délégué la gestion de tous les mouvements de ton portefeuille sans jamais me donner d'indications. Tu n'as pas de rôles actifs et tu n'as jamais voulu en avoir. »

Je m'abstins de commenter.

« Au cours des trois derniers jours, tu as gagné quarante-deux mille livres, et ce pour la seule raison que je n'ai pas osé mobiliser trop de titres. Si j'avais vraiment joué gros, tu aurais encaissé dix ou vingt fois plus.

— Quarante-deux mille livres, c'est une belle somme.

— Non. C'est ridicule par rapport à ce que j'aurais pu rafler. Ce qu'aurait pu rafler un gamin de douze ans, pour dire la vérité. Il y a quelque chose de louche, Kurt, et la seule explication possible flirte avec le surnaturel.

— Ne dis pas ça.

— Cette histoire m'empêche de dormir. Jouer en Bourse ne m'amuse pas s'il n'y a pas un minimum de risques. D'ailleurs, Freud n'a-t-il pas dit qu'il ne reste pas grand-chose de la vie d'un homme une fois qu'on a ôté le risque ?

— Je l'ignore. Demande à quelqu'un d'autre.

— Que se passe-t-il, Kurt ? Je ne sais que penser. Je suis troublé. Très troublé.

— Je l'entends.

— Il faut que je te quitte maintenant. J'ai rendez-vous avec Dick Lowin.

— Qui est Dick Lowin ?

— Un producteur de disques. Il possède une salle de

gym privée dans une grotte de sel, au dernier étage de son immeuble. Il se vante de l'avoir payée soixante-quinze mille livres, mais il continue de marchander sur le prix de chaque leçon comme s'il mourait de faim. Je t'appellerai en fin de semaine. Trouve une explication logique à ce qui se passe, des statistiques qui donnent un sens à la situation dans laquelle je me trouve. Creuse-toi les méninges, sinon je vais vraiment commencer à m'inquiéter. »

Je me levai et allai m'asseoir sur le canapé. Je fermai les yeux. Une explication logique, pensai-je. Les statistiques n'étaient pas la solution, Wayne.

J'avais toujours attribué la première étincelle d'intérêt pour mon métier à un article que j'avais lu dans une revue à la fin de l'enfance. J'habitais une grande maison dans la banlieue ouest de Leicester avec mes parents et mon frère cadet – dont je serais privé, comme je l'ai dit, quelques années plus tard à cause d'un accident d'avion surréaliste. Cet article exposait les découvertes scientifiques d'un certain Kerner, un chercheur américain qui avait trouvé une formule mathématique selon laquelle, dans un laps de temps important, la distribution statistique des événements insolites n'adoptait pas une allure régulière, mais tendait à se regrouper. L'exemple donné concernait – désagréable ironie du sort – les accidents d'avion. Si douze avions de ligne s'écrasent chaque année dans le monde, écrivait l'auteur, il est plus probable qu'il en tombe quatre en avril, cinq en août et trois en décembre, plutôt qu'un par mois, comme on s'y attendrait logiquement. Son théorème, démontré par le biais d'une formule mathématique très complexe, confirmait apparemment de vieilles superstitions : l'article mentionnait des douzaines d'événements illustrant avec un empirisme inquiétant le bien-fondé de la théorie. Cette nouvelle frappa mon jeune esprit avec la force d'un coup de fouet, et pas seulement parce que ses implications pratiques semblaient tenir davantage de la magie que de la science : c'étaient surtout les sous-entendus de l'expression « événements insolites » qui me paraissaient prometteurs. Puisqu'un événement insolite était presque toujours plus intéressant qu'un événement habituel, un métier qui vous permettait d'entrer en contact chaque jour avec une bizarrerie était de toute évidence le métier idéal.

Il me faudrait attendre plusieurs années pour apprendre, à l'université, que ce premier contact avec la théorétique probabiliste n'était en rien représentatif de la réalité des choses. Je fus traumatisé en découvrant que l'interprétation du monde à laquelle nous étions formés avait des effets collatéraux presque homéopathiques, lesquels stimulaient à long terme une solide méfiance envers tout événement humain filtré par la statistique, ainsi qu'une aversion également instinctive pour les simplifications en tout genre. Cette certitude aurait suffi en soi à donner un sens à mes études universitaires, me poussant à reconsidérer mes ambitions professionnelles, mais les capacités dont j'avais fait preuve au cours du stage trimestriel de fin d'année à l'ONS m'avaient ouvert des perspectives de carrière trop rapides et trop alléchantes pour que je pusse changer d'orientation. Deux semaines après ma maîtrise, je fus contacté par le directeur du personnel et j'intégrai avec un contrat de formation le département Affaires et Énergie. Je consacrerais dès lors tous mes efforts à manipuler la réalité dans la tentative de la réduire à des données mesurables contre la bagatelle de cinquante-six mille livres par an, une petite fortune pour un garçon de vingt-trois ans à son premier emploi.

Mois après mois, mon habileté presque surnaturelle à convertir des flux chaotiques de données en prévisions fiables amena les dirigeants de l'agence à me proposer une série consécutive et rapprochée de promotions. Moins de deux ans plus tard, j'étais déjà à la tête du service.

Au début, je craignais que l'estime des gros bonnets à mon égard ainsi qu'une position de pouvoir relatif m'obligeraient à bouleverser mes priorités : il y avait des plans semestriels et des obligations de productivité à respecter et, si les responsabilités ou le rythme de travail ne m'effrayaient pas, j'avais peur de devoir sacrifier sur l'autel des résultats mon scepticisme envers la vérité statistique que les années d'université m'avaient inoculé. Or mes supérieurs, appréciant le désenchantement et l'élégance que j'appliquais à la gestion des données, ne me poussèrent jamais à manipuler les conclusions des enquêtes les plus délicates, pas même sous la pression accrue des groupes de pouvoir politique ou financier. Entre-temps les augmentations de salaire et les primes de production m'avaient permis d'acheter un petit appartement. Mes parents insistèrent pour payer presque tout l'apport. Je commençai par refuser, puis je compris que mon ascension professionnelle était l'un des rares remparts qu'ils avaient réussi à opposer à la dévastation émotive qui avait suivi la disparition de mon frère.

Eric était mort un an après ma maîtrise, à quelques kilomètres du petit aéroport privé de Leicester où il travaillait en tant que mécanicien et agent d'entretien. L'aéroport appartenait à la famille de Simon Westwood, mon camarade de chambre à l'université. Je perdrais l'un comme l'autre, mon frère et mon ami, dans un de ces accidents absurdes qui vous autorisent à croire à la légère mais décisive tendance à la malignité de la loi du hasard, même si la dynamique des faits attribua à l'attitude d'Eric et de Simon – en matière de bêtise et d'imprudence – un rôle tout aussi fondamental. Simon descendait d'une dynastie de riches industriels du secteur alimentaire. Il s'était inscrit à l'université pour satisfaire la volonté paternelle et avait obtenu sa maîtrise de justesse, avant de s'employer à dilapider avec une application admirable la rente que ses parents lui versaient mensuellement. C'est moi qui l'avais présenté à mon frère. Les deux garçons avaient découvert et longuement exploré un arrière-pays de passions communes, à commencer par les motos et l'alcool ; puis la sympathie du jeune Westwood avait pris une connotation imprévue : l'offre à Eric, fainéant au long cours, d'un emploi dans le petit aéroport de ses parents, près de leur villa, au sud de Leicester.

Le hangar, à l'extrémité de la piste, hébergeait deux Cessna – un Skylark de 1959 et un Airmaster de 1965 –, un Piper PA-11 et un magnifique Sting S4 TL-Ultralight, avion ultra rapide de fabrication tchèque. Eric était chargé de nettoyer les lieux et d'assister le vieux Cole dans l'entretien des avions. Ancien pilote de la RAF, ce dernier, Cole Cornwall, était un ami de longue date du père de Simon. Profitant du temps qu'ils passaient ensemble, il apprit à mon frère les rudiments du décollage et de l'atterrissage, sursaut didactique qu'il regretterait amèrement.

Un matin d'avril, Simon se présenta à l'aéroport sur sa nouvelle moto, une Ecosse Titanium FE Ti XX, dernier des treize spécimens à cent quatre-vingt-dix mille livres que l'entreprise américaine avait produits. Eric et lui l'essayèrent un moment en effectuant des accélérations vertigineuses sur la piste, lubrifiés par toute la bière que contenait le petit frigo du hangar. Puis l'un d'eux eut l'idée de filmer une sorte de course entre la moto et le Sting S4. Ils récupérèrent dans l'atelier une vieille caméra et la montèrent sur un pied rudimentaire formé de deux cartons vides réunis par du ruban adhésif. Simon installa le tout au bout de la ligne droite, tandis qu'Eric démarrait le Sting et l'amenait sur la piste. Il n'avait jamais décollé seul, mais son instinct de conservation était fortement compromis par l'alcool et l'exaltation du défi. Simon, qui devait être aussi ivre, plaça sa moto à côté de l'avion.

Le film montre le départ – plutôt maladroit – du Sting S4, tandis que l'Ecosse reste immobile. L'accélération d'une moto à ce point exaspérée est plus que quadruplée par rapport à celle d'un avion de tourisme : il est possible qu'une dernière lueur de raison ait poussé Simon à octroyer un léger avantage à Eric, à moins qu'il ne fût tout simplement trop saoul pour conduire. Au bout de vingt secondes, le jeune Westwood finit par partir, mais sa manœuvre est si lente et si hésitante que le Sting se dote d'un avantage irrattrapable. L'Ecosse fait deux ou trois embardées, pendant que l'avion s'élève à trois ou quatre mètres du sol, puis Simon redresse sa trajectoire et gagne de la vitesse.

Quelques secondes plus tard se produit un événement statistiquement inhabituel.

La roue avant du Sting se détache du train et se précipite vers le sol. Les enquêtes concluront que Cole avait dévissé les boulons afin de procéder à l'entretien des fourches prévu l'après-midi même. L'avion est déjà sorti du cadre : le film montre un objet sombre qui tombe du ciel et rebondit deux fois sur la piste.

Simon n'a pas la promptitude nécessaire pour l'esquiver. L'Ecosse roule à cent quarante kilomètres à l'heure quand la roue le frappe en pleine poitrine. Le choc lui brise le sternum, ainsi que neuf côtes. Catapulté sur l'asphalte, il se casse deux vertèbres cervicales et meurt, selon l'autopsie, au cours des deux minutes suivantes.

Il figure parmi les cent vingt-quatre individus tués par un objet tombé accidentellement d'un avion civil depuis le premier vol des frères Wright. Les circonstances placent sa mort dans la catégorie des événements très rares : il n'existe qu'une seule probabilité sur trente-sept millions, pour un être humain, d'achever son expérience terrestre de la sorte. Entre-temps, ignorant qu'il a contribué à un événement aussi insolite, mon frère survole la maison de maître. Mme Westwood, mère de Simon, lève les yeux au ciel tout en sirotant un cocktail dans le jardin. Deux heures plus tard, elle dira à la police qu'elle a cru que Cole effectuait un de ses tours de contrôle hebdomadaires. Le Sting vire pour regagner la piste. Un des domestiques le voit voltiger : Eric vole bas en dessinant des boucles rasantes comme en une reconnaissance sur une zone de guerre. Il remarque l'horrible position du corps de Simon, la moto renversée sur l'asphalte, la roue à quelques mètres de là. Il comprend ce qui s'est passé : le choc le dessaoule immédiatement. Au même moment il se rend compte que, sans roue avant, il ne peut atterrir. Il reprend de l'altitude et continue de voltiger au-dessus de la piste en des cercles plus amples, à la recherche d'une solution, réfléchissant aux possibilités de survie lors d'un atterrissage de fortune.

Soudain le lac lui vient à l'esprit.

Au sud-ouest de Leicester, il existe un bassin artificiel assez vaste pour effectuer un amerrissage. Eric vire derrière les collines et parcourt en l'espace de quelques minutes les douze kilomètres qui le séparent de sa destination. Il n'y a pas de témoins de la scène : Eric amorce sans doute la descente et tente de planer sur la surface de l'eau, mais il manque trop cruellement d'expérience pour sortir indemne d'une manœuvre aussi dangereuse. Le soleil qui brille haut dans le ciel se reflète sur l'eau, lui ôtant sa tridimensionnalité : le Sting perd de l'altitude selon un angle excessif, l'hélice frôle le lac avant qu'Eric ne parvienne à redresser. Le choc est très violent. L'aile gauche se brise et la carlingue se froisse en un horrible amas de tôle. Mon frère est projeté entre les parois de la cabine, son corps déchiqueté par le métal tordu. L'épave coule rapidement, dans le silence des bois qui entourent l'étendue d'eau. Un avion des pompiers aperçoit ses restes en milieu d'après-midi.

Deux heures plus tard, trois plongeurs récupéreront le cadavre d'Eric.

Les O'Reilly étant agnostiques depuis longtemps, l'enterrement d'Eric fut célébré sans rite religieux. Près du cercueil, je lus une nouvelle que mon frère avait écrite à l'âge de treize ans. Elle parlait d'un insecte, un *Bombus pratorum*, qui s'introduit à grand-peine dans une bouteille, se nourrit du peu de lait qui s'y trouve, mais ne parvient pas à ressortir et meurt, entouré de ses semblables, qui bourdonnent désespérément autour du verre, incapables de lui venir en aide. Cet épilogue à l'éloquence symbolique avait précédé un court silence ému parmi l'assistance : la plupart des participants connaissaient le besoin désespéré qu'avait mon frère de se trouver. Dans cette tentative, il avait noué à ses poignets les liens de ces esclavages auxquels nous livrons notre incapacité à réaliser de si hautes ambitions. Eric ignorait où chercher la meilleure partie de sa personne. Il s'y était employé sans succès en vivant comme un animal sauvage.

Nous ne nous adressions plus la parole depuis des années.

Il avait toujours manifesté à mon égard la méfiance que les contestataires témoignent aux représentants d'un monde qu'ils estiment à raison désordonné et inhumain. J'étais conscient de ne pas être meilleur que lui : j'avais juste eu plus de chance. Le hasard m'avait doté d'anticorps plus tenaces qui, après quelques hésitations, avaient fini par l'emporter sur les germes de la solitude, de la rancune et du délire d'omnipotence qui prolifèrent dans le sang de tout un chacun.

J'ignore où est à présent Eric James O'Reilly, mort à l'âge de vingt-deux ans au fond d'un lac artificiel. À ma dévotion précoce pour les lois de la statistique correspond un scepticisme obligé à l'égard de l'au-delà, mais si les perspectives bizarres qu'évoquent toutes les religions ou presque s'avéraient, j'aimerais que mon frère mène la vie qu'il a toujours désirée. Celle que tout le monde devrait vivre : le plus loin possible des cages en verre à l'intérieur desquelles on est tenté de s'introduire.

Le lendemain, je me rendis aux obsèques de Simon. Pendant la mise en terre, je me tins à l'écart, en proie à d'étranges sentiments de culpabilité. La chapelle des Westwood était entourée d'un groupe fourni de parents et d'amis, respectable sous-ensemble de la foule qui avait assailli l'église de St Mary de Castro. Appuyé contre le tronc d'un cyprès, dissimulé derrière des lunettes de soleil, j'attendis que le dernier rite s'achève. Je voulais être seul pour demander pardon à Simon. Il ne serait pas mort si je ne lui avais pas présenté mon frère, et je me croyais en devoir de lui exprimer mes regrets.

Sur la pelouse environnante se dressaient de vieilles pierres tombales recouvertes de mousse. Non loin de là, une jeune fille avançait le long du sentier, s'écartant et s'immobilisant de temps en temps pour lire les noms gravés sur la pierre. Elle s'approcha, sans noter ma présence, et observa le petit contingent silencieux autour de la chapelle. Au bout d'une minute, elle me remarqua, tourna la tête de dix degrés supplémentaires et me laissa remplir son champ visuel.

Elle m'étudia de longs instants. Je l'examinai à mon tour : elle avait un petit visage régulier sous une masse de cheveux trop désordonnés pour ne pas l'être volontairement. Elle me parut très jeune, peut-être tout juste majeure. Elle hésita moins d'une seconde avant de se diriger vers moi. Elle tira de son sac des lunettes de soleil et les chaussa au moment même où je jugeais opportun d'ôter les miennes : synchronisme des opposés que j'aurais dû élever au rang de présage de notre vie future.

« Bonjour », dit-elle dès que je fus à portée de voix.

Un vague respect pour le lieu et les circonstances ne suffisait pas à justifier un ton aussi bas. De près, je constatai que je m'étais trompé d'au moins cinq ans dans l'estimation de son âge. Elle jeta un regard circulaire avec une retenue et une prudence qui m'intriguèrent.

« Pardonnez-moi de vous déranger. Êtes-vous un parent de M. Westwood ? me demanda-t-elle.

— Oui », mentis-je.

Elle fouilla dans son sac et y saisit une carte d'étudiante qu'elle me montra.

« Je suis en dernière année de psychologie et je prépare une thèse sur l'élaboration des pertes traumatiques chez les jeunes. J'aimerais savoir si vous accepteriez de répondre à quelques questions. »

Je la dévisageai. Elle rangea la carte dans son sac en esquissant un sourire.

Je croisai les bras.

« Il y a une chose que je voudrais savoir avant, dis-je.

— Bien sûr.

— Je me demandais si la personne qui vous a donné ce sujet de thèse a pensé aux réponses désagréables auxquelles elle vous condamnait en vous confiant une mission de ce genre. »

Son sourire se figea. Je remarquai une petite cicatrice sur son sourcil gauche.

« Pourquoi ? Avez-vous l'intention de me livrer une réponse désagréable ?

— Je viens justement de commencer, au cas où vous ne vous en seriez pas aperçue. »

Elle ajusta les lunettes sur son nez.

« J'ai compris. Je m'en vais. »

Elle s'apprêta à pivoter, l'air abattue.

« Attendez, dis-je. Attendez un instant. »

Elle me fixa attentivement.

« Pardonnez-moi. Je ne voulais pas être impoli. Ou peut-être que si. Mais je regrette. »

Se détachant de la petite foule de parents et d'amis, un couple d'âge mûr remontait le sentier.

« Voici ce que nous allons faire, poursuivis-je. Quand tout le monde sera reparti, vous me laisserez cinq minutes seul devant la pierre tombale de Simon pour que je puisse élaborer une partie infime de mon deuil selon des modalités strictement personnelles. Après quoi, si vous voulez, nous irons quelque part et je répondrai à vos questions. »

Elle réfléchit un court instant. « D'accord. »

Elle me tendit la main.

« Elizabeth Brooks.

— Kurt O'Reilly.

— O'Reilly ? Comme c'est bizarre. Vous portez le même nom que le garçon qui…

— C'était mon frère. »

Elle plissa le front, perplexe. Elle s'apprêtait apparemment à dire quelque chose quand elle se ravisa.

Ainsi, une fois que le peloton de parents et d'amis eut quitté le cimetière, je m'adressai un moment à la photo de Simon sur la pierre blanche d'une tombe, tandis que, à quelques mètres de là, ma future femme, qui inaugurait ce jour-là ses procédés théâtraux d'assimilation des psychologies d'autrui, m'attendait sous le triste cyprès où deux mensonges mutuels avaient officiellement inauguré nos amours tout aussi théâtrales.

4

J'ouvris les yeux. Je m'étais endormi sur le canapé de mon bureau. Je me rappelai vaguement avoir rêvé que les cent dix-sept *Berliner Philharmoniker* s'introduisaient dans ma chambre et jouaient la *Pastorale* de Beethoven avec des difficultés compréhensibles. Je regardai l'horloge sur ma table.

Deux heures vingt.

Je décidai de donner un sens à ma journée de travail. Je me levai et cherchai la note que Wendy avait préparée. Comment s'appelait le type que j'étais censé rencontrer? Joyner, ou quelque chose de ce genre. La société, elle, s'appelait Zolox, j'en étais presque certain. Nous avions rendez-vous au Yellow Airship, j'en étais également certain. En tout cas, j'attendrais le retour de ma secrétaire pour en avoir la confirmation : je détestais avancer à tâtons parmi les coordonnées onomastiques de mes interlocuteurs. Je fouillai le moindre recoin du bureau sans trouver la moindre trace de note au nom de Zolox ou de Joyner. Il n'y avait rien non plus dans les archives.

Dans ma poche, mon portable vibra. Je regardai un moment le nom inscrit sur l'écran avant de répondre.

« Bob Lewis, dis-je.

— Comment vas-tu, mon garçon ? répondit Bob. Ta secrétaire m'a appelé il y a deux ou trois heures pour m'annoncer que tu avais attrapé un sale virus intestinal. J'ai eu le bon goût de ne pas lui faire remarquer que c'est la troisième fois en l'espace de quelques semaines qu'elle invoque le même empêchement. De deux choses l'une, soit elle manque d'imagination, soit tu es gravement malade.

— Je vais bien, Bob. Rien de grave.

— Possible. Mais cela fait plus d'un mois qu'on ne te voit plus au club. On commence à se poser des questions. Tu ne travaillerais pas trop ? À propos, il y a deux ou trois soirs, j'ai rencontré Michael Warner dans le restaurant japonais que tu m'avais conseillé. Tu avais raison, on y mange divinement bien, mais les serveurs sont beaucoup trop pressants, c'en est presque grotesque. Il y en a toujours un derrière toi pour te verser du saké ou te découper un sashimi. Je n'aurais pas été surpris d'en voir un surgir aux chiottes pour secouer ma queue après les nombreuses pisses que ce terrible thé vert m'a obligé à faire. Quoi qu'il en soit, Warner m'a annoncé qu'il comptait te confier le département Économie. Si j'ai bien compris l'augmentation du budget et des ressources humaines, il s'agit d'une belle promotion. Michael m'a prié de ne rien dire à personne, mais je fais confiance à ta discrétion. »

Je fermai les yeux et les rouvris lentement cinq ou six fois. Le silence était si profond que je parvins à entendre le refrain bruissant de mes propres cils.

« C'est une excellente nouvelle, Bob. Je suis heureux de l'avoir apprise de ta bouche.

— Quelle nouvelle ? Je n'ai rien dit.

— Bien sûr.

— Tout va bien ? Tu as l'air un peu bizarre. Comment te portes-tu ? Liz ? Tes parents ?

— Nous allons tous bien, dans les limites de nos possibilités respectives, dirais-je.

— Alors, qu'y a-t-il ? »

Je ne pouvais pas répondre. Pas à Bob.

J'écartai le portable et le posai sur le bureau. En ce même instant, des trillions de mots se libéraient d'un répéteur téléphonique à l'autre, ou dans le ronflement discret des communications satellitaires. L'humanité était en présence d'une forme nouvelle et littérale de sublimation, la catharsis de ses angoisses à travers un objet de plastique et de silicium capable de traduire le chagrin en signaux électromagnétiques pour le transcender dans la paranoïa latente d'une religion dépourvue d'images anthropomorphes. Plastique, métaux rares, circuits : de cet amas d'éléments chimiques s'échappait la voix de Bob. Un miracle qui équivalait, pour mes oreilles, à la voix de Yahvé s'élevant d'un buisson ardent sur le flanc d'une montagne du Moyen-Orient.

« Kurt ? Tu es encore là ? » demanda Bob.

Je saisis le téléphone.

« Je suis là. Le signal va et vient. Cela se produit souvent ces derniers temps.

— Sans doute ces emmerdeurs de terroristes. Je savoure l'air conditionné au pied de ton bureau. Pourquoi ne descends-tu pas ? J'ai une bouteille de Strathisla de 57. Si nous ne trouvons pas de sujets de conversation, nous nous jetterons dessus. »

Des yeux, je cherchai une dernière fois la note concernant l'autre type. En vain. Où était fourrée Wendy ? Je consultai ma montre.

« Uniquement si tu m'accompagnes à Clapham, dis-je.

— Où tu veux. »

Bob était fonctionnaire aux Nations unies, de haute taille, aux cheveux gris et à l'élégance légendaire. Il avait des rides de patriarche, un regard de velours et tous les critères esthétiques d'un professionnel auquel se fier pour désamorcer des controverses potentiellement explosives. Nous nous étions rencontrés lors d'une soirée organisée à l'ONU par la délégation américaine. Bob était né dans l'Illinois et, avant d'entrer dans le corps diplomatique des Nations unies, il avait été consul dans les ambassades américaines du monde entier, ou presque. En l'espace d'un quart d'heure nous avions renié la parataxe des joutes mondaines pour nous livrer à des considérations étendues et approfondies sur la naïveté tactique des dispositifs de défense d'Arsenal, dont nous étions tous deux supporteurs. Derrière la froideur institutionnelle du négociateur, Bob Lewis conservait l'expansivité du provincial et la gentillesse un peu rude qu'il aimait attribuer à ses ascendances rurales du Midwest. Il avait l'âge de mon père, et il m'était arrivé au cours des dernières années d'interpréter le rôle du fils putatif. Cela ne lui déplaisait pas : il avait deux fils de deux femmes différentes, mais était séparé depuis longtemps, et s'inquiéter pour mon sort était une façon, pour lui, de remplir les fonctions paternelles dont les manèges de ses épouses et des avocats l'avaient privé.

Je quittai mon bureau et descendis au rez-de-chaussée. Des photos du Mont-Saint-Michel, de Prague et de Venise prises par Martin Parr ornaient les murs du hall. L'agent d'accueil, un ancien militaire, me salua en portant la main à son couvre-chef.

Deux Bentley identiques étaient garées dans la cour. Près de la première se tenait un homme de couleur en uniforme, que je n'avais jamais vu, dont les longs cheveux noirs étaient tressés sous sa casquette. Il ouvrit la portière arrière.

« Monte, petit », me lança Bob en tendant le cou.

La limousine hébergeait deux petits canapés en cuir. Je m'assis en face de Bob. Quelques secondes plus tard, la voiture s'engagea dans Ravenscourt Road, suivie par sa jumelle.

« Qu'est-il arrivé à ton vieux chauffeur ? demandai-je.

— Bah, ne m'en parle pas. Des huiles du département ont fait circuler des bruits sur des risques d'attentats contre des fonctionnaires du premier niveau, et on a décidé de remplacer les vieux chauffeurs par des versions plus performantes. Ce fils sculptural des hauts plateaux éthiopiens est, semble-t-il, un spécialiste du combat à mains nues. Je me demande si le kung-fu me sera utile le jour où l'on placera une bombe dans les chiottes de mon appartement.

— Qui se trouve dans l'autre Bentley ?

— Le ministre des Finances du gouvernement australien. Il veut s'acheter une maison entre Kensington et Chelsea, et je lui ai donné une de mes voitures pour effectuer un repérage. Il est là avec sa femme, ses enfants et un bouvier bernois prénommé Hector. Sans oublier Sonia, mon agent immobilier. Hector en est fou. Il a d'abord reniflé tous ses orifices, puis a tenté de passer à l'acte. Nous la lui avons arrachée non sans mal. Ils nous suivront un moment avant de continuer leur route. Et toi, où vas-tu ?

— Dans un restaurant de Victoria Rise, le Yellow Airship. J'ai rendez-vous avec un type dont j'ai oublié le nom. »

Il y avait un micro enchâssé dans l'accoudoir. Bob pressa une touche et se pencha vers les trous minuscules, camouflés à la perfection dans le placage bois. Il ordonna au chauffeur de se rendre à Clapham, puis s'installa confortablement sur son large siège et m'observa avec attention.

« J'ai rencontré Gregory Baines l'autre jour. Il m'a raconté que tu l'as laminé, la dernière fois où vous avez joué au tennis. Il est persuadé que tu prends des leçons auprès d'un as : ton jeu s'est excessivement amélioré et trop vite. Il pense que tu as engagé une vieille gloire du circuit. Cela fait des semaines qu'il aimerait te demander de qui il s'agit, mais tu as disparu. »

Mon téléphone vibra une nouvelle fois, diffusant son vrombissement dans l'habitacle insonorisé de la Bentley. Je le laissai me chatouiller la poitrine sans répondre.

« Je n'ai pas pris de leçons, dis-je. Et si tu veux le savoir, le fait de n'en avoir jamais pris résume le problème à la perfection. »

Bob leva légèrement les sourcils.

« Il y a donc un problème », commenta-t-il.

Je regardai l'écran qui pendait du toit de la voiture. Sur le fond anthracite se reflétait la nuque du chauffeur, ses cheveux noirs et crépus d'une ethnie des hauts plateaux africains soumis à un enchevêtrement compliqué de petites tresses. J'aurais aimé voir danser cette queue-de-cheval dans un combat de rue, assister aux mouvements d'une lutte mortelle, adoucie par la grâce soyeuse de cheveux tourbillonnants.

« De quoi s'agit-il ? » reprit Bob.

Je le fixai.

« De rien, finis-je par dire. Il n'y a pas de problème. C'était juste un lapsus. »

Il acquiesça, peu convaincu, puis se pencha vers le frigo, sur le côté de l'habitacle, et en ouvrit la porte. Il s'empara d'une bouteille métallique et versa un liquide ambré dans deux verres. Il posa le mien sur l'accoudoir de la portière.

« D'après Wendy, tu es allé consulter un médecin ce

matin, dit-il. Un ophtalmo, n'est-ce pas ? De quels troubles souffres-tu ? Il t'a donné de bonnes nouvelles ? »

Je regardai à travers la vitre.

« Excellentes.

— Bien. Sauf que tu n'as pas l'air d'un type qui vient de recevoir un diagnostic réconfortant.

— Tout va à merveille, Bob. Je t'assure. Je ne peux même pas imaginer que les choses puissent aller mieux. »

Il me pria du regard de prendre le verre. J'obéis.

« Alors pourquoi fais-tu cette tête ? » dit-il.

Je reniflai le liquide.

« N'avais-tu pas parlé de Strathisla ?

— J'ai changé de stratégie. Jus de pomme italien. Il vient d'une filière macrobiotique du Trentin-Haut-Adige. Je m'en fais expédier une caisse par mois. »

J'avalai une gorgée.

« Pas mal. »

Il pinça les lèvres.

« Je suis là, Kurt. Si tu as envie de me raconter ce qui se passe, je veux dire. »

Tout à coup Rocamadour, le cartomancien du quatrième étage, me revint à l'esprit. Je fus soudain séduit par l'idée d'avoir recours à lui. Personne d'autre n'était à même d'accueillir ce que je m'apprêtais à avouer sans me qualifier de candidat à la camisole de force.

Je dévisageai de nouveau Bob. Il semblait sincèrement inquiet.

Je me décidai. Je posai le verre sur l'accoudoir et me penchai vers lui, la tête entre les mains.

« Le problème, déclarai-je, c'est que les choses ne se passent pas comme elles le devraient depuis plus de trois mois. »

Je fermai les yeux.

« Le problème, c'est que Dieu, ou l'Univers, ou un autre pouvoir impersonnel, a décidé d'exaucer tous mes souhaits. Tous. Y compris ceux que je n'ai jamais envisagé d'exprimer. »

Je me sentis rougir. Mes mots n'avaient rien de la dignité impétueuse qui caractérise les désirs de confession dictés par la culpabilité ou le remords. Je rouvris les yeux, levai la tête et distinguai sur le visage de Bob un étrange mélange de gêne et d'incompréhension. Surtout, j'y lus le soulagement de constater que mes tourments ne correspondaient pas aux idées les plus néfastes qu'il avait élaborées au cours des semaines précédentes.

« J'ai compris, affirma-t-il.

— Quoi ? Qu'est-ce que tu as compris ?

— Tu travailles trop. Tu es au bout du rouleau. Tu as disjoncté. »

Je tournai la tête vers le toit en soupirant.

« Mais non, voyons.

— Si. Et tu n'as aucune honte à avoir. Ça arrive à tout le monde. Tu es sous pression et ta perception de la réalité est un peu déformée. Tout s'arrangera avec quelques jours de repos. »

Il posa son verre près du mien.

« Accorde-toi quinze jours de vacances, va aux Bahamas. J'ai une maison un peu à l'extérieur de Nassau. Soleil, océan et crabes de cocotier sur la plage. Appelle Warner et dis-lui que tu as besoin de décrocher jusqu'à la fin du mois.

— Je n'ai pas besoin de repos, Bob. J'ai besoin d'un chaman.

— Arrête, Kurt. »

Je glissai une main dans ma poche et en tirai un carnet que je lui tendis.

« Qu'est-ce que c'est ?

— Lis. »

Il prit un étui dans sa poche et en sortit une paire de lunettes sans monture. Il passa les cinq minutes suivantes à feuilleter lentement le carnet, l'air perplexe. Puis il le referma et le posa sur le siège.

« C'est quoi, ce truc ? interrogea-t-il.

— Ça me semble clair. La liste des coups de chance dont je suis victime depuis plusieurs semaines. »

Bob ôta ses lunettes, ferma les yeux et se massa vigoureusement les tempes avec le pouce et l'index de la main gauche.

« Kurt, je me rends compte que j'ai peut-être péché par superficialité en évaluant ta situation. Il convient sans doute de faire appel à une aide psychologique. Une petite psychothérapie permettra d'éliminer cette... hum... cette lubie.

— Ce n'est pas une lubie.

— Je ne suis pas assez compétent pour l'affirmer. Mais je crains que ce ne soit le cas.

— J'apprécie ta sincérité. »

Il reprit le carnet.

« Dans ce cas, faisons comme si tout cela était vrai. Disons que les événements que tu as décrits se sont réellement produits. Je veux juste attirer ton attention sur un fait : il n'est pas rare qu'on soit remboursé de ses impôts, qu'on retrouve des bijoux égarés, qu'on obtienne des gratifications professionnelles, qu'on voie des femmes s'offrir sans pudeur ou des problèmes légaux se résoudre soudain... en particulier quand on est un garçon intelligent et séduisant.

— Bob, je ne crois pas que tu aies compris. Je suis victime

d'une conjuration interplanétaire complètement dingue qui vise à éliminer le moindre problème de mon existence et à le remplacer par des favoritismes éhontés.

— Je t'en prie, Kurt. »

Je tendis la main et lui effleurai un genou.

« Au début, je ne m'étais rendu compte de rien : les bonnes nouvelles étaient trop espacées dans le temps pour que je puisse faire le lien. Puis les événements favorables se sont multipliés et ont fini par se répéter en l'espace de vingt-quatre heures. Depuis quinze jours, c'est du délire. Avant-hier, j'en ai compté dix-huit en une seule journée.

— Ça arrive, mon garçon.

— Dix-huit, Bob. Le même jour.

— Il s'agit juste d'une accumulation fortuite de coups de chance. Ça arrive à tout le monde.

— En quel nombre ? Et pendant combien de temps ? Il y a dans ce carnet plus de six cents notes. Divisées par trois mois, ça fait... hum... ça fait... sept par jour. Alors, peut-on parler d'accumulation fortuite ? »

Il me dévisagea, l'air courroucé.

« D'accord. Faisons comme si je te croyais. Ou mieux, faisons comme si je croyais ta théorie de la conspiration universelle. Je te pose une question : depuis quand les conspirations ont-elles pour objectif le bien-être de leur victime ?

— Cela équivaut à me demander pour quelle raison cette merveilleuse succession d'événements devrait me paraître terrible, exact ?

— Exact. »

Je pointai un doigt vers mon visage.

« Bob. Regarde-moi bien et dis-moi que j'ai l'air fou. »

Il grimaça. « Je n'ai pas dit ça. Je crois juste que tu interprètes à ta façon une série inhabituellement longue de coïncidences. Je ne démords pas de la thèse du surcroît de travail. Ça m'est arrivé à moi aussi. Pendant une certaine période, en Birmanie, j'étais tellement sous pression que je croyais qu'un des serveurs de l'ambassade voulait me faire la peau.

— Je ne suis pas paranoïaque.

— Ce n'est pas de la paranoïa. C'est du stress. Et je t'invite juste à ne pas le sous-évaluer. Tu travailles trop. Du reste, on ne t'aurait pas donné une promotion si tu ne te démenais pas.

— Si tu veux tout savoir, je n'ai jamais aussi peu et aussi mal travaillé que ces derniers mois. L'histoire de la promotion est inexplicable. Ou mieux, elle a parfaitement sa place dans le lit de mystère dont je viens de te parler. »

Bob secoua lentement la tête comme s'il voulait en tirer une argumentation convaincante. Soudain une idée sembla lui traverser l'esprit. Il pressa le bouton du micro.

« Lukas, dès que possible, fais demi-tour et retourne au feu rouge.

— Que se passe-t-il ? » lui demandai-je.

Il m'ignora. La Bentley s'engagea dans une petite rue latérale puis regagna Wandsworth Bridge Road. À une centaine de mètres du feu, Bob pressa une nouvelle fois le bouton.

« Arrête-toi ici », dit-il.

La voiture se rangea le long du trottoir.

« Attends un instant. » Bob sortit et ferma la portière. Aussitôt Lukas surgit à ses côtés. Ils parcoururent ensemble les quelques mètres qui les séparaient d'une supérette et entrèrent.

Je me renversai sur le dossier, le coude sur l'accoudoir et

le visage dans le creux de ma paume. Je patientai au moins dix minutes avant de tourner la tête vers la porte.

La pancarte accrochée à la vitre portait le mot FERMÉ.

Bob et Lukas ne l'avaient sans doute pas remarquée. Mais puisque la boutique était fermée, comment y avaient-ils pénétré ? Et pourquoi étaient-ils toujours à l'intérieur ?

Je regardai les deux côtés du trottoir. Tout près, une fille promenait en laisse un jeune setter qui reniflait le sol. Plus loin, une jeune maman de couleur avançait avec une poussette.

Il n'y avait rien à craindre. Les deux hommes sortiraient bientôt. Je m'installai plus confortablement sur le siège en fermant les paupières.

Je les rouvris un instant plus tard. Je commençais à ressentir un certain trouble. Je jetai un autre coup d'œil au magasin. La fille s'était approchée de la voiture, se plaçant entre la porte et moi. Le chien s'arrêta pour renifler l'entrée. Elle l'attendit, exhibant un postérieur musclé dans un cuissard moulant.

Le setter avait repéré une odeur et refusait de l'abandonner. Puis la fille tira sur la laisse d'un geste ferme, et il renonça, non sans avoir orné d'un minuscule filet de pipi le mur près de l'entrée.

Je décidai de patienter cinq minutes supplémentaires avant de m'inquiéter.

La troisième était entamée quand je posai la main sur la poignée de la portière.

Pourquoi ne sortaient-ils pas ?

Il fallait absolument que je le découvre.

Avant de descendre, je m'assurai que Lukas n'avait pas laissé les clefs sur le tableau de bord : me faire subtiliser une Bentley de cent cinquante mille livres sterling au moment où je surprenais Bob en pleine dispute avec le marchand de tabac pour vingt pennies de monnaie aurait été plutôt comique.

En effet, les clefs étaient là.

Et, sous les clefs, dans un étui en cuir accroché au moyeu du volant, se trouvait un pistolet.

Mille pensées se mirent à tourbillonner dans mon esprit.

Un pistolet. Pourquoi aurais-je dû l'emporter ? Il n'y avait aucune menace d'embuscade.

Ou si ?

Je n'avais jamais touché d'arme de ma vie.

Je pivotai une dernière fois vers l'entrée en espérant que le visage de Bob ou celui de Lukas me dispenserait de prendre des décisions potentiellement fatales.

Je ne fus pas exaucé.

Je m'emparai des clefs et les glissai dans ma poche.

Je tirai le pistolet de l'étui.

Il était aussi léger que du polystyrène. Je le dissimulai sous ma veste et sortis de la voiture.

Je m'approchai de la boutique et poussai la porte prudemment. Un long couloir, délimité par de hautes étagères bourrées de marchandises, menait à une pièce munie à son extrémité d'un comptoir. Je refermai discrètement la porte.

Et maintenant ? pensai-je.

D'un coin du magasin s'élevait la voix d'un inconnu.

Je parcourus encore quelques mètres.

Sur le seuil de la salle, je tendis la tête vers la droite.

À une dizaine de mètres de là, quatre hommes étaient debout. Trois d'entre eux avaient les mains contre le mur. Bob était le plus grand.

Lukas se tenait à côté de lui. Le troisième était un vieillard à l'air engourdi.

Le quatrième, un grand et gros individu, portait un tee-shirt rouge et un bandana couleur crème d'où dépassaient des mèches de cheveux noirs. Il était de profil, et je parvins à distinguer son bouc luciférien, très soigné. Il avait à la main droite un fusil à canon scié.

« Alors, explique-moi. Explique-moi comment ça a pu arriver, disait-il au vieillard, dont je ne compris pas la réponse. Ce sont peut-être deux braqueurs. Des professionnels de la branche supérette. » Il pencha la tête sur le côté et lança à Lukas : « Hé, négro, vous êtes des braqueurs ? »

Lukas eut un signe de dénégation.

« De fait, vous en avez pas l'air, commenta-t-il, avant d'ajouter à l'oreille du vieux : Et tu sais ce que ça signifie ? Que tu as essayé de m'entuber, l'ami.

— Tu étais derrière moi quand j'ai fermé la porte. »

Le type leva le fusil et le pointa contre le crâne du vieillard. « Je sais où j'étais, tête de nœud. J'étais derrière toi et j'ai entendu le déclic de la serrure. T'as été malin, je le reconnais. T'as fait semblant de fermer et je suis tombé dans le panneau. Comme un amateur. Et c'est pas bon pour toi, vois-tu. Car qui, d'après toi, a la détente facile pendant les braquages ? Hein ? Ouais, c'est ça. Les amateurs. »

Il pressa le fusil sur la tempe de l'homme.

« Qu'est-ce que t'espérais ? Qu'on viendrait te sauver ? Je vais te raccompagner à l'entrée. Si t'essaies de m'entuber une deuxième fois, je te tire une balle dans le dos. Je reviendrai ensuite ici et, pour pas faire d'envieux, je les buterai eux aussi. »

J'ouvris grand la bouche en reculant d'un bond entre les étagères.

Je vais te raccompagner à l'entrée.

Je haletai, en proie à la panique la plus abominable de ma vie.

Ce dingue arrivait. Je pouvais rebrousser chemin et m'éclipser, mais je ferais du bruit, ce qui déchaînerait sa réaction. Combien de risques y avait-il pour qu'il mette sa menace à exécution ?

Beaucoup.

Je n'avais pas le choix. Je fis deux pas en arrière et brandis le pistolet vers l'entrée du couloir.

Un instant plus tard, le vieillard se montra. À ma vue, il écarquilla les yeux. Je levai l'index de la main gauche et le posai sur mes lèvres. Il se figea. Derrière lui apparut la silhouette de l'homme armé, qui regardait Bob et Lukas.

« Soyez sages, leur dit-il. À cette distance, un seul coup me suffit pour vous tuer tous les deux. »

C'est alors qu'il tourna la tête vers moi.

Il découvrit le pistolet à cinquante centimètres de son visage et ouvrit lentement la bouche. Ses yeux se remplirent d'un étonnement trouble.

« Jette ton fusil », dis-je.

Il ne broncha pas.

« Jette-le. »

Le vieillard fléchit doucement les jambes et s'agenouilla sans un mot.

L'homme avait son fusil pointé vers le sol. Il leva sa main libre et m'enjoignit avec de petits gestes de baisser mon arme, comme s'il réclamait une communication productive entre individus logés à la même enseigne. Son bandana était orné d'un dessin de Titi – le canari. Dans ses yeux clairs flottaient des pupilles dilatées par une mydriase pour le moins suspecte à cette heure de la journée. Ce détail accrut énormément mes craintes.

« Fais ce que je t'ai dit, insistai-je. Pose ce fusil par terre. »

Il refusa d'obéir. Il était évident que je n'avais pas assez d'autorité pour inquiéter qui que ce soit. Je commençai à trembler comme une feuille. C'était une réaction émotive anormale, en partie justifiée par la force des symboles extérieurs : le fusil de l'homme, ce bandana absurde, son calme tautologique. J'accomplis un effort pour ne pas succomber aux sensations contraires que cette vision m'évoquait : terreur, ou excès de confiance en un épilogue sans effusion de sang.

Au même instant mon téléphone vibra. Son vrombissement retentit entre mon corps et ma veste pour se répandre dans l'air, me distrayant une demi-seconde, voire moins. Cet infime laps de temps suffit à l'homme : il me mit en joue et pressa la détente.

Je suis mort, eus-je le temps de penser.

La dernière image que je verrais, me dis-je dans le millième de seconde suivant, serait le visage triomphant de ce type derrière la flamme engendrée par la combustion de la poudre.

Mais le visage que je vis n'avait rien de triomphant.

L'arme s'était enrayée.

Je ne lui laissai pas le temps d'y remédier.

Bondissant rageusement, je lui assenai en plein visage un coup de poing au style parfait. Il y eut un bruit sourd, comme celui d'une noix de coco tombant sur le sable d'une plage tropicale, suivi de la parfaite intelligibilité tactile et visuelle d'un nez se fracturant. Le coup fut tel qu'il projeta l'homme à deux mètres de là. Le fracas au contact du sol suscita en moi un étrange plaisir, ce genre d'émotions que produit la catalyse d'instincts primaires tels que la rage, la pitié et la vengeance. Le type se contorsionna quelques secondes en une série de spasmes dignes d'un électrochoc, avant de s'immobiliser.

Je regardai le vieillard agenouillé à ma gauche. Il fixait sur moi des yeux écarquillés.

Je m'approchai du type, le pistolet brandi. Je tremblais.

Je le scrutai sans un mot, fermant en rythme mon poing gauche. J'entendis les pas de Bob et de Lukas. Un instant plus tard, le vieillard s'approcha lui aussi. Nous formâmes un demi-cercle autour de la silhouette inerte.

« Nous devrions peut-être essuyer le sang qui lui coule du nez, dit Bob.

— Rien à foutre, commenta le vieillard.

— Tournons-le au moins sur le côté, sinon il va étouffer », proposa Lukas. S'agenouillant, il joignit le geste à la parole. Puis il ramassa le fusil, l'ouvrit et en sortit les cartouches.

Bob posa une main sur mon épaule. « Ça va ?

— Plus ou moins. J'ai mal à la main.

— Que s'est-il passé ? Nous avions le dos tourné et nous n'avons rien compris.

— Je lui ai flanqué un coup de poing. Je ne voulais pas lui faire de mal, mais il a essayé de me tirer dessus. C'était la première fois que cela m'arrivait. C'est plutôt énervant. »

Bob ouvrit grand la bouche.

« Il a essayé de... faire quoi ? »

Je faillis lui sourire. Je le regardai droit dans les yeux.

« De me tirer dessus. Mais son arme s'est enrayée. »

Il referma lentement les mâchoires. Puis il rouvrit la bouche une dernière fois.

« Bon sang, tu as eu de la veine », commenta le vieillard. Il prit un mouchoir dans la poche de son pantalon et s'essuya le visage. « Ce fils de chien t'aurait explosé la tête sans y réfléchir à deux fois. Je vais téléphoner à la police. »

Il gagna le comptoir et disparut derrière un rideau à fleurs.

« Pourquoi es-tu entré ici ? » demandai-je à Bob.

Il avait presque l'air gêné.

« Je voulais acheter deux tickets de jeux de grattage.

— Pour quoi faire ?

— Pour voir si tu as vraiment autant de chance que tu le prétends.

— Bordel, tu aurais dû me le dire ! J'ai déjà essayé une douzaine de fois. Ça ne marche pas. »

Le vieillard ressurgit en annonçant :

« La police ne peut envoyer personne avant une demi-heure. Il paraît qu'il y a des bombes dans deux bâtiments différents, dans le nord de Londres. »

Bob consulta sa montre.

« Pour la police, une demi-heure signifie au moins le double. C'est trop long. Lukas, trouve-moi quelque chose pour attacher ce minable. »

Le vieux s'était approché.

« Je vous en prie, ne perdez pas confiance dans le genre humain à cause de cet épisode négligeable, lui dit Bob. Le monde regorge d'individus qui n'ont pas appris les manières. »

Il tira une carte de visite de sa poche et la lui tendit.

« Donnez-la aux policiers. Dites-leur que nous n'avons pas pu les attendre à cause d'un rendez-vous urgent à l'ambassade d'Inde. Naturellement, je reste à leur disposition pour toutes les formalités relatives à l'arrestation de ce type. »

Le vieillard lut à voix haute :

« Nations unies. » Tout en dévisageant Bob, il brandit la carte entre index et majeur. « Vous n'en auriez pas une autre pour moi ? »

Dans la voiture, je priai Bob de me déposer à la première station de métro.

« J'ai besoin de faire quelques pas pour me défouler un peu, expliquai-je. Je vais peut-être m'asseoir sur un banc et pleurer.

— Je te comprends. Tu peux toujours demander du réconfort à la fameuse bouteille de Strathisla.

— Il ne vaut mieux pas. »

Bob se pencha vers le micro et communiqua à Lukas sa destination. Puis il tira de sa poche une autre carte de visite et écrivit quelque chose dessus.

« À propos de ce que nous avons dit et surtout de ce qui s'est passé, j'aimerais que tu aies une petite conversation avec une de mes connaissances. » Il me tendit le rectangle de carton. « Il n'est pas exactement psychiatre, ne t'inquiète pas.

— Et qu'est-ce qu'il est ?

— D'accord, il est psychiatre. Mais il explore de nouvelles frontières ces derniers temps. Et on sert un excellent café dans son cabinet.

— Richard… Leone, lus-je. Il est italien ?

— Oui. Ce qui explique en partie le café. J'ignore d'où il vient exactement, mais il a un accent bizarre, assez différent du tien.

— Je n'ai pas d'accent.

— C'était une façon de parler.

— Pourquoi devrais-je l'appeler ? Je n'ai pas besoin de voir un spécialiste.

— C'est possible. Mais Richard a des ressources intellectuelles et caractérielles hors du commun. Et il est beaucoup plus ouvert à l'inconnu que le vieillard éclairé ici présent. »

Je glissai la carte dans ma poche.

« Je ne te garantis rien. Je n'ai pas besoin de médecin.

— Je pars demain pour Vancouver. Je serai absent une quinzaine de jours. Fais ce que tu veux, mais promets-moi de me raconter, à mon retour, l'évolution positive de cette situation, et ce d'une façon qui me permette de l'accueillir dans les limites étroites de mes facultés de compréhension. D'accord ?

— Je ferai mon possible. »

La Bentley s'immobilisa près de l'entrée du métro.

« Merci pour tout, dis-je en ouvrant la portière. Essaie de ne pas trop t'ennuyer à Vancouver. »

Bob sourit.

« M'ennuyer ? J'aimerais bien. L'ennui est un objectif, pour moi. »

J'attendis d'entrer dans le wagon pour consulter mon portable. Les deux derniers appels venaient de Wendy. Je lui téléphonai.

« Kurt, soupira-t-elle. Où est passé le bon temps où tu répondais à la troisième sonnerie ?

— Il s'est envolé, chérie. Et cela vaut peut-être mieux. Les portables endommagent le cerveau, comme j'ai failli le constater il y a quelques minutes.

— Comment ça ?

— Laisse tomber. Où est ta note sur Zolox ? Je l'ai cherchée partout. Je me demande depuis quelques mois si ma table n'engloutit pas mes dossiers. Appelle un exorciste et dis-lui de venir dans mon bureau avec un forceps et du lubrifiant.

— Qu'est-ce que tu as ? Ta voix tremble un peu.

— Ma voix. Je ne crois pas. C'est juste une impression.

— Hum… Quoi qu'il en soit, la note était par terre, sous

ta chaise. Ne me demande pas comment elle y a échoué, je l'ignore.

— D'accord, à condition que tu ne me le demandes pas non plus. Je suis à bord d'une flèche en argent qui file dans les entrailles de la vieille Angleterre et je n'ai pas le temps de rebrousser chemin. Tu vas devoir me résumer ça.

— Il n'y a pas grand-chose à dire. Un certain Richard Joyner a appelé Warner il y a quelques jours et a demandé à te parler. Warner m'a ensuite appelée. J'ignore pourquoi Joyner tient à te voir dans un bar et ce dont il s'occupe. Zolox est une grosse société informatique. Joyner est un de ses fondateurs, mais il a été licencié il y a quelques mois. À ce qu'il paraît, il a été accusé de détourner des fonds de l'entreprise et invité à les rembourser. J'ai trouvé d'autres détails, mais ils ne te seront sans doute pas utiles pour le moment.

— Hum… Comment vais-je le reconnaître ? Si mes souvenirs sont bons, le Yellow Airship n'est pas exactement un endroit très intime.

— Joyner a dit à Warner qu'il a vu ta photo quelque part et qu'il te reconnaîtrait. Tu me raconteras. Garde ton téléphone sur toi : cette bande d'incompétents a besoin d'un guide spirituel.

— Et moi, j'en ai encore plus besoin qu'eux. »

J'arrivai au rendez-vous avec dix minutes de retard. Le design du Yellow Airship me coupait toujours le souffle. Il rappelait la cabine d'un zeppelin : une fresque baroque en plastique et en métal plongée dans l'odeur des fluorocarbures de l'air conditionné. Les sièges avaient été conçus de façon que les visages des serveuses – toutes aussi grandes et glaciales que des hôtesses de l'air – flottent au-dessus comme privés de corps, entre le sillage de mystérieuses conversations et un bruit d'hélices en arrière-fond surgissant de haut-parleurs camouflés. Le tout suscitait en vous la sensation sombre et inéluctable, mais pas exactement désagréable, d'avoir confié votre vie à un animal de toile et d'acier suspendu au-dessus d'un océan noir et profond. On accédait à la salle principale – une structure métaphysique tout en étages et mezzanines à la cohérence architectonique aussi hallucinée qu'un cauchemar d'Escher – par une petite passerelle enjambant le trompe-l'œil électronique d'un ciel tempétueux. L'endroit était bondé. Je me frayai un chemin jusqu'au comptoir en priant deux filles qui se murmuraient des mots à l'oreille de s'écarter.

« Qu'est-ce que vous buvez ? me lança le barman.

— Un jus de pomme macrobiotique.

— Quoi ?

— Un whisky. Vieilli. Le Port Ellen que je vois là-haut ira très bien. »

Je saisis le verre et payai sans laisser de pourboire. La présence d'une foule aussi importante à cinq heures de l'après-midi était pour le moins insolite. Je me tournai vers la salle en me demandant grâce à quel instinct suprasensoriel mon homme réussirait à me repérer dans un bar débordant de mâles aux normes d'âge et de physionomie parfaitement homologuées. N'était-il pas absurde de fixer un rendez-vous professionnel dans un des bars les plus fréquentés de Londres ? Une conversation était inconcevable. Il serait hautement improbable qu'une telle rencontre ait une issue positive, pensai-je. Je décidai de patienter cinq minutes supplémentaires avant de partir. Je finis lentement mon whisky en tournant la tête dans toutes les directions pour permettre à mon interlocuteur de m'identifier, puis posai mon verre sur le comptoir. J'étais pratiquement coincé dans une masse automotrice de corps. Je me dirigeais non sans mal vers la sortie en palpant involontairement les reins d'une gamine et en m'ouvrant une brèche entre des épaules athlétiques et des dos à moitié nus quand je tombai sur un sexagénaire à la veste froissée, aux cheveux clairsemés et à la pâleur verdâtre d'un cirrhotique. Nous nous dévisageâmes avec une étrange intensité. De toute évidence, il n'était pas à sa place dans ce bar, il évoquait une anomalie chronotopique, privée de contexte, une tache de marginalisation aussi évidente qu'une colonie de champignons sur un vieux mur.

Soudain je compris de qui il s'agissait.

Rien, dans son regard, n'indiquait un passé récent de prévaricateur. Son visage affichait une fierté désespérée, une dignité tellement exhibée qu'elle paraissait sensuelle. Je le regardai agiter les bras plus que ne l'imposaient les corps pressés et le désordre, les tendre vers moi dans un élan de camaraderie fort bizarre. Il eut un sursaut, comme si m'étreindre représentait son plus grand désir, et je ne pus m'interdire de rester immobile, subjugué par cette étrange subversion des codes sociaux admis entre étrangers. Une onde sismique le poussa vers moi. Ses mains se posèrent sur mes épaules avec une curieuse délicatesse. Ses yeux traduisaient un renoncement : une chute de tension, un manque de détermination subit dans les petites éclipses au centre des iris. J'écartai les bras à mon tour, comme si j'estimais nécessaire de l'accueillir. Sa tête se posa sur ma poitrine dans un petit bruit cordial. Les muscles de son corps se contractèrent brièvement en un spasme, un frisson sur le ressac d'une mer froide et agitée. Je levai les mains pour attraper les siennes. Je sus qu'il était mort à l'instant même où je le touchai. J'ouvris grand la bouche pour ne rien dire. Je clignai des yeux. Je perçus la pression de la foule autour de nous, la chaleur impersonnelle des membres, le coït collectif qui tentait de s'opposer à l'extinction individuelle. Il y avait de la douceur dans cette étreinte, elle impliquait consolation, respect, une forme discrète de deuil proportionnelle à ce laps de temps éphémère. Le bruissement de mille bouches évoquait un refrain religieux psalmodié dans une langue aussi vieille que le monde.

Un cri gai s'éleva d'un coin du bar. Je serrai ce corps le plus fort possible. Une seconde plus tard, je criai à mon tour.

Il y eut ensuite les formalités. Les questions de la police et les premières hypothèses des médecins. Un AVC. Un infarctus. Les lèvres cyanosées indiquaient peut-être une hypoxie cérébrale. L'inspecteur m'entraîna dans le bureau du propriétaire du bar pour un bref entretien. Des reproductions de tableaux expressionnistes allemands ornaient les murs. Sur la table se trouvaient un pot rempli de stylos en forme d'ogive de balle, un ordinateur portable, de la paperasse, deux photos encadrées et un modèle de zeppelin en Lego. L'inspecteur ressemblait de façon impressionnante à Franz Kafka. Il déclara que rien ne permettait de soupçonner une implication de ma part dans ce qui apparaissait, selon la dynamique des faits et les premiers relevés, comme une mort naturelle. Il me pria de ne pas quitter la ville avant que les analyses n'eussent confirmé cette hypothèse.

Je sortis et me promenai dans les ruelles de Clapham sans faire attention à qui ou quoi que ce soit. J'étais envahi par une étrange électricité, une euphorie mêlée d'une très légère angoisse. Je décidai de regagner à pied Ravenscourt Road :

une marche d'une heure et demie à travers cinq quartiers me ferait du bien. On ne marchait jamais assez, me répétai-je.

J'arrivai à destination à près de sept heures du soir. Le bâtiment était désert : craignant que mon entrée ne prolongeât son travail au-delà de l'heure de fermeture, le réceptionniste m'adressa un coup d'œil inquiet. Avec un air rassurant je lui montrai mes cinq doigts, indiquant par là le nombre de minutes dont j'avais besoin pour récupérer mes affaires. Je montai l'escalier jusqu'au deuxième étage dans un silence irréel. Je m'assis dans mon bureau, sans allumer la lumière, posai le front sur ma table et fermai les yeux, pensant trouver le calme dans cet espace profond et obscur. Je me surpris à espérer que la mort de cet homme dans mes bras, un événement qui n'avait rien d'agréable ni de chanceux, marquait le début d'un retour progressif à la normale. Je n'avais jamais rien désiré avec plus d'intensité au cours de mon existence.

La porte s'ouvrit. Je levai lentement la tête. Les yeux écarquillés, Wendy s'efforçait d'arracher à la pénombre l'identité de la forme qu'elle avait devant elle. Elle chercha à tâtons l'interrupteur mural et alluma. Je protestai en me cachant le visage entre les mains.

« Oh, dit-elle. Excuse-moi. Je croyais qu'il n'y avait personne.

— Ne t'inquiète pas. J'ai juste fait un saut, je vais rentrer chez moi.

— Comment s'est passé ton rendez-vous ?

— Il a eu un développement un peu compliqué, dont je te dévoilerai les détails demain pour ton bien et le mien.

— Comme tu veux. »

Nous nous dévisageâmes un moment des deux côtés de la

pièce. Je perçus l'impatience de Wendy, la curiosité inquiète et maternelle qu'elle me transmettait depuis quelques semaines.

« Approche-toi, s'il te plaît », lui dis-je.

Elle obéit. Je tirai de ma pochette la carte de visite de Bob et la lui tendis au-dessus de la table.

« Il y a là un numéro de téléphone écrit à la main. C'est celui d'un médecin. Appelle-le demain matin et prends un rendez-vous le plus tôt possible. Si j'ai déjà un engagement à l'heure et au jour qu'il te propose, annule-le.

— D'accord. »

Elle ne demanda pas de quel genre de médecin il s'agissait, ni les raisons de ma hâte, peut-être parce que mes paroles lui avaient transmis une invitation à la discrétion, ou parce qu'il était plus de sept heures du soir et que son intérêt pour mes problèmes se limitait aux horaires de bureau. La journée de travail était terminée et je ne figurais pas parmi les destinataires de ses empressements extraprofessionnels. De l'autre côté de la porte l'attendaient une fillette, des parents, des frères et des sœurs, des beaux-parents et des animaux domestiques, la galaxie d'affections façonnée par l'univers glacial et raréfié que l'esprit de son mari avait revêtu. Je la regardai pivoter, prête à regagner sa vie protégée, les devoirs rassurants d'un petit appartement. Elle posa la main sur le montant de la porte.

« As-tu besoin d'autre chose ? » interrogea-t-elle sans se retourner.

Il n'y eut pas de passage d'électrons d'une calotte crânienne à l'autre. Ni de transmission empathique de souhaits, ni d'obligation paraverbale exprimée dans les termes habituels de domination et de subordination.

« Oui », murmurai-je.

Wendy ne bougea pas.

« J'ai besoin d'un accord, repris-je. D'un pacte qui m'aide à surmonter cette dure période. J'ai besoin d'un signe, et ce signe est ton corps. J'ai besoin de te voir nue. Je veux que tu te déshabilles pour moi, lentement mais sans hésitation. Je veux que cela se produise bientôt. Pas maintenant, mais bientôt. Je veux nos corps nus allongés sur un lit, sur un tapis, sur le canapé en cuir de ce bureau. Il n'est pas dit qu'il se produira quelque chose, mais la nudité est essentielle. Je veux que tu fasses ça pour moi. »

Elle ne se retourna pas. Elle demeura immobile, fixant le couloir, la main sur la porte.

« D'accord », dit-elle.

Je fermai les yeux. C'était la fin de toute illusion.

Wendy franchit le seuil. Je laissai le crépitement vaste et régulier de ses pas me remplir en respirant doucement. Puis je me penchai sur la table et, la tête entre les mains, accueillis le choc du découragement le plus désordonné et le plus chaotique qui puisse avoir raison d'un être humain sans en abandonner la dépouille sur l'autel de divinités trop hâtivement reniées.

5

« Vous êtes donc d'origine italienne, comme moi. Du côté maternel, j'imagine : O'Reilly est un patronyme apparemment plus gaélique que méditerranéen. Voulez-vous un verre ? Si vous vous déshabilliez et piquiez une tête ? Il fait chaud ici. Ôtez au moins votre veste. »

Richard Leone trempait dans une piscine qui occupait les quatre cinquièmes d'un penthouse situé au trente-deuxième étage d'un gratte-ciel, à l'est de la City. Wendy lui avait téléphoné à huit heures du matin, mais il avait répliqué qu'il ne donnait de rendez-vous qu'aux patients qui l'appelaient directement, sans passer par secrétaires, conseillers ou sous-fifres – règle qui n'impliquait aucune méfiance de caractère hiérarchique envers les catégories susmentionnées, s'était-il hâté de préciser : il avait juste besoin d'évaluer le demandeur et ses motivations par le biais de quelques questions précises au téléphone. Je l'avais donc appelé après que Wendy m'eut communiqué la marche à suivre, mais le Dr Leone n'avait pas manifesté l'envie de fouiller ma psyché préventivement : il m'avait expédié en quelques secondes en me fixant un rendez-vous une demi-heure plus tard à son cabinet, dans Fenchurch Street.

Le concierge s'était assuré que mon nom figurait bien sur la liste des invités et m'avait fourni un code à composer sur le tableau de l'ascenseur. J'avais été transporté du rez-de-chaussée jusqu'au penthouse au terme d'une ascension hyperbare d'une durée de cent quatre-vingts secondes exactement. Quand les portes de métal satiné s'étaient ouvertes, j'avais écarquillé les yeux.

La piscine consistait en un énorme rectangle pratiqué dans un jardin babylonien que surmontait une immense coupole en verre bleuté. Le tout dégageait une étrange luminescence oblique, qui me rappelait l'aube de certaines îles néozélandaises, visitées à l'âge de vingt ans et élues au rang de destination finale de mon aventure terrestre. Près du bord, le Dr Leone pataugeait dans un mètre cinquante d'eau tout en parlant à un garçon en bermuda et débardeur, assis, jambes croisées, sur une chaise longue en toile.

À ma vue, le garçon s'était levé pour m'accueillir. Puis il m'avait précédé jusqu'à la piscine, le long d'un sentier de pierres blanches, et proposé de m'asseoir sur un transat. Il avait ensuite rebroussé chemin et disparu dans l'ascenseur. C'est alors que le Dr Leone avait évoqué mon ascendance italienne – dont seul Bob Lewis avait pu l'avertir – et invité à le rejoindre dans l'eau.

Je déclinai l'offre et m'assis sur le transat. Je le regardai effectuer sur le dos une nage maladroite avant de revenir debout en crachant de l'eau, telle une naïade barbue et corpulente. Son aspect de septuagénaire onctueux correspondait vaguement à l'iconographie du psychiatre perpétuée par les analystes les plus célèbres, même si son regard était traversé par une lumière sinistre qui vous dissuadait de vous fier au charisme propagé par les pères fondateurs. Il s'approcha du bord du bassin en refermant ses gros doigts sur le marbre, puis s'écarta une nouvelle fois et se maintint à la surface avec des mouvements paresseux des bras et des jambes.

« Bob Lewis m'a téléphoné quelques minutes après votre secrétaire, dit-il soudain. Il m'a recommandé de prendre soin de vous et de votre cas en soulignant le caractère délicat de la situation, dont les implications métaphysiques dépassent la limite des bizarreries jugées admissibles. Une limite peu élevée, au reste, dans le cas de Bob. »

Je me contentai d'acquiescer. Il y avait, au milieu de la piscine, une architecture complexe de rochers représentant une petite baie arrosée par une cascade. Deux des trois côtés visibles étaient bordés d'un gazon ponctué d'arbustes évoquant des bûchers de cérémonie orphique disposés rituellement sous le ciel. Seul l'écho, contre le plafond de verre, de la cascade et des brasses molles du médecin brisait le silence. Cette apparente sérénité était toutefois légèrement pervertie par l'artificialité de l'ensemble : créer une parodie d'oasis arcadienne au sommet d'un édifice métropolitain avait des allures de provocation. Surtout, ce décor ne semblait pas se prêter à une psychanalyse : je ne m'y entendais guère en procédés cliniques, mais cet endroit aurait paru inapproprié à l'introspection et au recueillement, y compris à un profane. Où étaient les canapés en cuir, les bibliothèques bourrées de textes sacrés, les tests de Rorschach sur le bureau, les photos de Freud et de Berne aux murs, l'odeur du tabac pour pipes ?

« Voyez-vous, dis-je, j'avais une idée un peu stéréotypée des cabinets de psychiatre. »

Le Dr Leone s'affairait autour du cordon de son caleçon de bain.

« Ceci n'est pas mon cabinet, déclara-t-il. Mon cabinet se

trouve deux étages plus bas. Ce matin, j'ai de nombreux engagements, et je ne pouvais vous consacrer du temps qu'ici. Je ne l'aurais pas fait si Bob ne m'avait pas prié de vous recevoir le plus vite possible. Le caractère exceptionnel de sa demande a contribué à m'intriguer. Vous le savez peut-être, Bob n'est pas du genre à recouvrer les crédits que lui vaut son prestige. »

Il s'enfonça dans l'eau jusqu'à la tête et en ressurgit un instant plus tard en se frottant gauchement les yeux avec les phalanges, tel un enfant de six ans.

« Eh bien, merci, dis-je. Quant à Bob, je le remercierai lui aussi au plus vite. Vous êtes amis depuis longtemps ? »

Il me lança un regard vaguement surpris.

« Amis ? Je ne peux pas nous définir ainsi, hélas.

— C'est-à-dire ?

— Je croyais que vous étiez au courant. Bob Lewis n'a pas une haute opinion de ma personne. Pour être plus précis, il me déteste cordialement.

— Oh.

— Et je suis obligé de le détester en retour. Il serait déontologiquement incorrect de ne pas détester un individu qui vous méprise : la réciprocité émotive est un des piliers de la stabilité psychique. Détester un être qui ne vous déteste pas peut être une source de déséquilibres aussi graves qu'aimer un être qui ne vous aime pas.

— Vraiment ? »

L'air pensif, il se mit à observer le fond de la piscine.

« Il se trouve que j'ai soigné Claire Williams, la première femme de Bob, il y a de nombreuses années. À la fin de la psychanalyse, Claire a décidé de divorcer, et Bob en a rejeté la faute sur moi. Cette accusation était ridicule, mais la haine qui en a découlé, absolument concrète. Avec le temps,

Bob a posé un regard différent sur mon travail, et pourtant son mépris est demeuré inchangé. Me recommander des amis en difficulté est, à mon avis, une façon de remédier à ses insinuations sur mes compétences, mais l'antipathie est une question épidermique qui n'a rien à voir avec la réparation des torts. Ce qui ne nous empêche pas de nous téléphoner de temps en temps, quand nous avons l'un ou l'autre besoin d'un service. La vérité, c'est que Mme Williams avait bien compris que son mari était la cause de son mal-être et que la stratégie de la thérapie brève avait simplement confirmé son intuition.

— La stratégie de la thérapie brève ?

— La BST de Watzlawick. Vous n'en avez jamais entendu parler ?

— Non. C'est grave ?

— Pas vraiment.

— De quoi s'agit-il ? »

Le Dr Leone eut une drôle d'expression, comme s'il hésitait à me répondre. Puis il se renversa et effectua sous l'eau une cabriole de bonne facture, au terme de laquelle il ressurgit en exhibant sur sa nuque une petite inscription tatouée en caractères gothiques et ornée d'une sorte de cœur. Je me demandai ce que c'était. Peut-être le stigmate d'une ancienne dévotion à un amour de jeunesse perdu. Je préférai ne pas l'interroger à ce sujet.

« Bon, dit-il après avoir retrouvé son équilibre à grand-peine, c'est un genre de psychanalyse où, au lieu d'examiner le moindre tissu de la vie passée et présente de son patient pour en tirer une conclusion clinique des plus fumeuses, le thérapeute se borne à lui suggérer une stratégie propre à résoudre un problème spécifique. Le tout en cinq ou six séances. En général, la solution, quand elle est mise en pratique, ne se limite pas à améliorer ou guérir le trouble, elle se répercute positivement sur tout le tableau psychopathologique. En admettant qu'il y en ait un, évidemment. Ce qui est d'habitude le cas.

— Et vous croyez que mon problème, si nous voulons le définir ainsi, peut être résolu en cinq ou six séances ?

— Non. Ni en cinq ni en cinquante. Si votre problème est bien celui que Bob m'a décrit, je ne peux rien pour vous.

— Comment ça ? Alors qu'est-ce que je fais ici ? »

Il grimpa à l'échelle et sortit de la piscine. Il était plus grand et plus imposant que je ne l'avais imaginé. Il s'approcha d'un transat, s'empara d'un peignoir et le posa sur ses épaules.

« Je peux sans doute vous donner quelques conseils.

— C'est-à-dire ? »

Il consulta sa montre avec cette élégance furtive des professionnels obligés d'adapter leurs prestations à la discipline des rendez-vous. Puis il indiqua la piscine.

« Premièrement, nagez un peu. Ceci n'est pas une piscine ordinaire, croyez-moi. Et je ne parle pas seulement du décor, même si je me permets de vous faire remarquer la voûte en verre autonettoyante Pilkington, ou l'eau de mer puisée au large de Galway et purifiée sans chlore. Cela va au-delà de ce que vous voyez. Vous trouverez dans la cabine des maillots de bain et des serviettes. Baignez-vous autant de temps que vous le jugerez nécessaire. Si vous savez nager, allez jeter un coup d'œil derrière les rochers. Sinon, restez ici, où l'on a pied. »

Il prononça la dernière phrase en baissant le ton de deux octaves. Je le dévisageai, l'air dubitatif.

« Et ensuite ? »

Leone enfila son peignoir.

« À partir de maintenant, choisissez attentivement les individus auxquels vous vous confiez. Je connais assez bien Lewis pour savoir qu'il ne se laisserait pas embobiner par une histoire aussi improbable. Mais si cet individu traditionnellement sceptique est persuadé que vous dites la vérité, de nombreux autres pourraient vouloir en savoir plus. Et ce ne serait pas bon pour vous. Le destin vous est favorable, mais il existe une catégorie d'êtres humains dont le destin lui-même ne pourrait vous protéger. »

Je desserrai le nœud de ma cravate.

« Je ne suis pas sûr d'avoir compris. »

Il noua sa ceinture.

« Ça n'a pas d'importance. Contentez-vous de m'écouter. »

Il me salua d'un petit signe de la tête et s'éloigna vers l'ascenseur.

« C'est tout ? lui demandai-je avant que la porte ne s'ouvre. Vous n'avez rien d'autre à me dire ? »

Il ne se retourna même pas.

« Nagez un peu. Vous verrez plus clair ensuite. »

L'eau était froide. Je m'y coulai avec la réticence et la dignité d'un chat, dans un silence absolu. Le soleil, totalement visible maintenant à l'intérieur de la voûte, n'avait pas modifié l'étrange luminosité qui enveloppait toute chose, la suspendant entre ténèbres et clarté, un monde fabuleux à peine voilé par une membrane translucide d'intimidation latente. Je nageai lentement vers le centre de la piscine en savourant la caresse de l'eau salée, puis fis la planche, bras et jambes écartés en une parodie hésitante de l'*Homme de Vitruve*. Je me blottis dans le ronflement régulier et acouphénique de ma respiration. Je contemplai la convexité du toit et remarquai que le verre avait foncé. Je me berçai dans mes ajustements proprioceptifs en me demandant quelles sensations j'éprouverais si j'observais ce plafond douze heures plus tard, sous l'abîme de l'univers étoilé.

Je me dirigeai vers les rochers et me rendis compte que le fond de la piscine était recouvert d'une mosaïque : une brève plongée me révéla la structure en spirale d'un gigantesque coquillage qui semblait s'étendre selon les proportions dorées de la suite de Fibonacci. Les tesselles étaient aussi petites qu'un ongle et le diamètre de la figure surpassait probablement quarante mètres. J'atteignis les rochers et me glissai dans la vasque à l'intérieur de laquelle la cascade se brisait, offrant mon dos au massage de l'eau. Je m'agrippai ensuite à un rocher et examinai la végétation. Il n'était pas nécessaire d'avoir vécu, enfant, dans un jardin botanique pour comprendre que la plupart des plantes appartenaient à des espèces étrangères. La végétation s'étendait au-delà de mon champ de vision. À droite de la barrière, l'eau s'écoulait apparemment dans un large passage, poussée par un faible courant. J'allai jeter un coup d'œil dans cette direction. Je cabotai lentement le long du mur rocheux sans quitter des yeux le bord de la piscine, comme si cette marche de marbre pouvait me rassurer en réaffirmant la suprématie de la civilisation sur l'inconnu.

Vu depuis le transat, le côté le plus éloigné du penthouse, sur lequel les rochers s'ouvraient, semblait délimité par des arbres et des arbustes : rien ne laissait entendre qu'il en allait différemment au-delà de la barrière. Or, quand j'atteignis le passage et me penchai, ce que je vis me poussa une seconde fois à écarquiller les yeux.

Il n'y avait pas de paroi sur le côté ouest.

Le périmètre de la piscine culminait en un bord tout

juste voilé d'eau derrière lequel la skyline pointue de la City se détachait sur le fond blanc du ciel. Je m'agrippai au dernier bout de rocher. Malgré les cinquante mètres qui m'en séparaient, cette limite aqueuse attribuait à l'adjectif « vertigineux » une plénitude inouïe. M'approcher était plus qu'inconcevable.

C'était du moins ce que je croyais.

En effet, dès que je franchis le rocher, mes jambes furent littéralement happées par le courant : j'essayai de m'y opposer en écartant les bras – en vain. En l'espace de quelques secondes, un puissant flot d'eau froide me catapulta vers le bord, au-dessus des trente-deux étages du gratte-ciel. Je me tournais vers les rochers, appelant au secours ce bastion de matière solide, quand un second courant, qui s'unissait à la force résiduelle du premier pour composer un relais satanique, m'emporta. Les entrailles tordues par une panique primordiale, je regardai l'abîme en m'efforçant de résister, or le flux était si fort que ma réaction se résuma à une pathétique exhibition de vaine fureur athlétique : dix brasses de fibrillation chaotique ne réussirent qu'à freiner mon inexorable chute vers le néant. Je criai et écoutai ma voix se perdre dans la vaste étendue de ma désolation. Le temps parut s'infléchir. Je sentis sa progression en spirale ralentir puis se figer. Le spectre de souvenirs lointains apparut au coin de mes yeux, remplissant mon esprit d'un enchantement apocalyptique. Je serais projeté dans le vide et m'écraserais sur le trottoir. Je mourrais probablement d'un infarctus dix secondes avant de me pulvériser parmi les cris horrifiés des témoins. À cette certitude succéda un calme étrange, la tranquillité huileuse et ataraxique qu'on éprouve lorsqu'on n'a plus le choix.

J'étais le lézard dans la gueule du chat. Le serpent dans les griffes de la buse. J'étais tous les êtres vivants qui s'étaient tenus en équilibre au bord de la mort depuis le début des temps. J'étais l'expérience vibrante de toute conscience, comprimée et synthétisée dans l'anabolisme inexorable de mes synapses crépitantes. Je me laissai aller. Ma peur se mua en un léger sédiment sur le fond de mon esprit. Je me tournai vers le vide, prêt à accueillir ce grand angle d'infinis inimaginables.

À trois ou quatre mètres de l'extrémité, le courant me poussa soudain à gauche. Surpris, j'oubliai presque d'admirer le spectacle qui s'offrait à ma vue. Le ciel formait un linceul chaud et immaculé autour du monde. Sous la surface de l'eau, je distinguai le rebord en marbre. Je tendis la main pour m'y agripper. Je voulais voir le reste. Je voulais me pencher, enivré, sur l'abîme majestueux. L'air, l'eau et la terre, la conflagration des éléments primaires dans le feu de mon esprit. Ma main frôla la bordure, mais ne parvint pas à la saisir. Il était trop tard.

Je contemplai tout ce que je pouvais en m'éloignant. Quelques secondes plus tard, un autre courant me projeta vers les rochers. Je m'y abandonnai, l'esprit engourdi par des sensations vagues, puis m'introduisis dans la brèche entre le dernier morceau de rocher et le bord de la piscine, nageant en diagonale jusqu'au coin d'où j'avais plongé.

Deux minutes de brasses lentes me conduisirent à destination.

Je regagnai le transat et m'allongeai sur le ventre.

Épuisé, je fermai les yeux en respirant lentement, l'esprit vide de toute pensée.

Vous verrez plus clair ensuite, avait dit le Dr Leone.

Qu'aurais-je dû voir plus clairement ? Et qu'est-ce que cet endroit était ? Une extravagante association d'arts hydrauliques et architectoniques, ou le mandala d'une forme alternative de méditation ?

Non, pensai-je. Le symbolisme était trop obscur. Cette piscine n'était autre que l'étalage triomphal d'une opulence technique, un jeu privé de sous-textes ésotériques. J'attendis dix minutes supplémentaires, immobile, en respirant laborieusement. Puis je me levai, m'essuyai rapidement et me rhabillai.

J'avais oublié le code, mais je découvris que l'ascenseur ne requérait pas de chiffres pour vous ramener à terre. Le concierge ne parut pas surpris de me voir luisant et décoiffé. Je sortis sans même le saluer, le contour des lèvres incrusté de sel marin.

J'errai quelques minutes le long de Fenchurch Street dans la foule du matin, comme ahuri. Mais je rebroussai bientôt chemin jusqu'à l'immeuble afin de porter le regard au trente-deuxième étage, au rebord de marbre suspendu sur le néant. Je contournai le bâtiment et atteignis une large place pentagonale bordée de grandes structures en verre et en métal. Avant même de pouvoir m'orienter, je constatai qu'une étrange électricité animait les individus qui m'entouraient : ils semblaient poussés par un tourbillon d'énergie ayant pour épicentre une inconnue. J'essayai de comprendre ce qui se produisait. Sur le côté le plus éloigné de la place, je remarquai une voiture de police : à quelques pas de là, une petite foule vibrait sous l'effet d'une fureur galvanique.

Il se passait quelque chose. Rassemblements et gyrophares étaient les symptômes d'un état de crise. Un vol, une bombe, une tentative de suicide au cinquième étage d'une banque d'affaires. Je refusais d'en savoir plus, assimilant ce choix à une modalité personnalisée de stratégie de la thérapie brève : réprimer son intérêt pour les mauvaises nouvelles au nom de la sérénité et de la dignité spirituelle. Je m'engouffrai dans un passage étroit, laissant la folie du monde derrière moi.

Je marchai quelques minutes. J'aimais la City car elle évoquait un labyrinthe. C'était la transposition moderne d'intuitions très anciennes : la grandeur architectonique parvenait, mieux que tout, à freiner les désirs humains de conspiration. Inventez-vous un dieu ex nihilo et glissez-le dans une caverne : il sera bientôt supplanté par un autre dieu. Mais élevez-lui une cathédrale et vous le rendrez immortel.

Je glissai les mains dans les poches de ma veste à la recherche de mon portable.

Je le trouvai dans la droite.

Dans la gauche, il y avait un bout de papier.

Je l'en sortis et le dépliai.

Je lus un nom, une adresse et une heure

LUCIA DOS SANTOS – 132 GRAYS INN ROAD – 12.30 P.M.

tracés à la main d'une de ces écritures hermétiques qui courent sur les ordonnances.

J'étais certain qu'elle n'y était pas avant que je suspende mes vêtements dans la cabine.

Qui était cette Lucia ?

J'ignorais même dans quel quartier Grays Inn Road était située. Je mis quelques secondes à comprendre que le dernier conseil du Dr Leone s'était matérialisé entre mes mains. Rien à voir avec des métaphores aquatiques sur l'abandon, ou des dévotions silencieuses aux dieux tutélaires de la

Terre. La solution résidait dans un rendez-vous avec une femme. Une autre psychiatre, pensai-je.

Je m'engageai dans une ruelle. L'air était déjà très chaud. J'ôtais ma veste et la posais sur mon épaule gauche quand je vis surgir un homme et une femme de l'arrière d'un grand bâtiment. Dans leur course, tous deux trébuchèrent. L'homme conserva son équilibre à grand-peine, tandis que la femme s'étalait par terre. Difficile de ne pas remarquer qu'elle était totalement nue.

L'homme fixa sur elle un regard glacial. Puis il lui saisit le bras et la secoua pour l'obliger à se relever. Les manches de son costume étaient tailladées, des taches de sang figé en forme d'empreintes souillaient sa chemise ; le tout formait une vision d'irrationalité parfaite, une pièce du théâtre de l'absurde montée dans les coulisses en verre de la City.

L'homme leva la tête et remarqua ma présence.

Je me tenais à quarante pas de lui, pas plus. Tandis qu'il se tournait vers moi, j'aperçus un rasoir dans sa main gauche, vision indubitablement théâtrale dont je me serais volontiers passé. La femme s'était effondrée. Dominant ses membres inertes, le visage impassible et le rasoir à la main, l'homme rectifia sa propre valeur symbolique, élevant la tache d'absurdité exemplaire qu'il représentait au rang de brillante synthèse de trois siècles de capitalisme – prêtre suprême d'un culte qui de toute évidence exigerait tôt ou tard le sacrifice de la totalité de ses disciples.

6

Je lâchai ma veste et m'efforçai de ne manifester ni panique, ni empathie, ni agressivité. L'homme m'examina de la tête aux pieds, tandis qu'une sirène lointaine s'introduisait dans le bruissement métropolitain d'arrière-fond.

« Tu te crois meilleur que moi ? » me lança-t-il.

Je m'abstins de répondre.

D'une légère torsion de l'avant-bras, il exhiba le rasoir qui pendait à sa main. J'interprétai ce geste comme une invitation à répondre.

« Non », murmurai-je.

L'homme hocha la tête.

« Exact, dit-il. Tu n'es pas meilleur que moi. Aucun de vous ne l'est. »

Il fit un pas vers moi. Il était jeune, avait les cheveux courts et le visage lisse d'une recrue. La moitié inférieure de sa cravate avait été coupée.

« Tu sais quoi ? reprit-il. Les mormons possèdent un ordinateur énorme, si puissant et si gros qu'il occupe toute la cage d'un vieux bâtiment de Salt Lake City. Tu ne peux même pas imaginer ce qu'ils en font.

— Non.

— Tu ne vas pas le croire. »

J'acquiesçai, perplexe.

« Ils y enregistrent les morts, dit-il. Les morts de toutes les villes, de toutes les nations et de tous les continents. Ils les enregistrent pour les baptiser, qu'ils soient ou non croyants. Tu comprends ? Des dizaines et des dizaines de mormons passent au crible archives municipales, registres d'état civil, nécrologies, actes de toutes sortes, puis baptisent les morts au nom de leur foi. »

Au sol, la fille poussa un gémissement.

Il fit un autre pas.

« C'est drôle, non ? »

Je répondis par l'affirmative.

« Non. Ce n'est pas drôle. Ça me rend dingue, si tu veux tout savoir. »

Il porta le poing droit à sa tempe, comme pour empêcher l'indignation de franchir la digue de son esprit.

« Leur dieu est meilleur que le mien ? Possible. Mais je veux qu'ils me convainquent maintenant, tant que je suis en vie sur cette putain de planète. Je refuse d'être converti après ma mort. Rien à foutre de la rédemption a posteriori. »

La fille s'était mise à quatre pattes. Ses seins blancs et pendants occupèrent la scène pendant un instant aux contours irréels, puis ses bras cédèrent et elle s'écroula une nouvelle fois dans un sanglot pitoyable.

« Je le leur interdirai, dit l'homme. Ils n'ont pas le droit de faire ça.

— Non. Bien sûr que non. »

Apparemment réconforté par mon approbation, il passa la main sur son visage.

Le temps d'une fraction de seconde, une tête dotée d'un casque et de lunettes surgit au carrefour, au bout de la rue.

En reposant les yeux sur moi, l'homme intercepta le mouvement de mon regard qui s'était détourné de lui.

Il savait ce qui allait arriver.

D'ici deux minutes on l'encerclerait et, au cours des cinq minutes suivantes, on le ramènerait brutalement à la raison.

Par n'importe quel moyen. Deux otages se trouvaient sous la menace d'une arme mortelle. Le viseur laser d'un fusil de précision tracerait bientôt sur sa nuque un stigmate pourpre de mort.

« On vient te chercher, lui dis-je.

— Je sais, répliqua-t-il si bas que je faillis ne pas l'entendre.

— D'un point de vue purement statistique, dans soixante-quinze pour cent des cas, une situation d'enlèvement armé se conclut de manière sanglante. »

Il me fixa, stupéfait par cette estimation très précise de ses chances de survie.

« Sanglante pour qui ? interrogea-t-il.

— Lâche cette arme et nous ne le saurons jamais. »

Il regarda son rasoir.

« Il appartient à mon grand-père. Je l'ai pris dans son placard. Tu vois le manche ? Il est en ivoire.

— C'est un objet magnifique. Mais maintenant pose-le par terre, sinon ça va mal finir.

— Je n'ai pas peur.

— Tu devrais. Tu es seul avec un rasoir, contre cinquante hommes armés de fusils de précision. Comment crois-tu que ça va se terminer ? »

Il leva le menton vers moi.

« Et toi ? Tu ne flippes pas ? Pendant les interventions de police, il y a toujours des otages qui trinquent. »

Je secouai la tête.

« Non. Je ne crains absolument rien. Rien ne peut me faire de mal. »

Il fronça les sourcils.

« Comment peux-tu en être si sûr ?

— Peu importe. Lâche cette arme, lève les mains et il ne t'arrivera rien, à toi non plus. Ni à cette pauvre fille étendue par terre.

— Je ne lui ai rien fait.

— Elle est nue.

— Ce n'est pas ma faute. C'est la secrétaire de mon chef. Quand je suis entré dans son bureau, elle était allongée, jambes écartées, sur la table. Il s'est jeté par la fenêtre et elle est restée là. Quand la première sirène a retenti, nous n'avons pas perdu de temps à chercher sa culotte.

— Et ensuite, qu'est-ce que tu lui as fait ?

— Rien. Je te l'ai déjà dit.

— Tu as du sang sur le visage.

— C'est le mien. Je me suis blessé au poignet. » Il jeta un coup d'œil à la série transversale d'entailles sur les manches de sa veste.

« Le temps presse, repris-je. Lâche ce rasoir.

— Non. De toute façon, je suis déjà condamné. Si les flics ne me tirent pas dessus, je me suiciderai. D'ici vingt minutes je serai sur la table d'une morgue. Deux heures plus tard, on me baptisera au nom de Mormon.

— Laisse tomber l'ordinateur de ces croque-morts. Lève les mains et mets-les bien en vue. Il ne t'arrivera rien. C'était juste une mauvaise journée. La chaleur. L'échéance d'un prêt à rembourser. Une dispute avec ton voisin de palier à cause d'une putain de place de parking. Le soubresaut de mal-être qui se propage dans les entrailles de la société. »

De sa main libre, l'homme ajusta le nœud de son bout de cravate. Nous étions assez proches pour que je puisse remarquer le tremblement convulsif de sa lèvre inférieure.

Je vis la blancheur de ses phalanges resserrées sur le manche en ivoire du rasoir.

Il ne tarderait pas à s'ouvrir la gorge devant moi.

Dans la seconde suivante, il fléchirait les genoux, inondant l'asphalte de sang artériel. Je me demandai si j'étais prêt à assister à un tel spectacle.

Seigneur, non, pensai-je.

Il écarta les doigts et jeta le rasoir au sol.

Il leva lentement les bras.

Je m'agenouillai et ramassai ma veste.

Il s'écoula deux minutes entières sans que rien ne se produise. L'homme continuait de me dévisager.

« Ils vont me tuer ? lança-t-il soudain.

— Je ne crois pas.

— Il va falloir que je reste longtemps dans cette position, d'après toi ?

— Je ne sais pas. Je ne suis pas spécialiste de ces situations. La police va sûrement nous adresser un signal. »

Au même moment, le signal arriva.

Une lumière clignota au rez-de-chaussée d'un immeuble situé au bout de la rue, produisant une flèche qui frôla la manche de mon ravisseur et l'érafla à la hauteur du coude, avant de poursuivre sa trajectoire dans ma direction.

Avant de rebondir quelque part derrière moi, la balle me caressa le bras gauche, juste au-dessous du creux que formaient deltoïde et triceps, transperçant ma chemise d'une valeur de cent cinquante livres.

Je sentis le frémissement du tissu. Une douleur infime, la

morsure d'un loulou de Poméranie. Je regardai la rose de sang éclore, pétale après pétale, sur mon épaule.

Je tournai le regard vers l'homme.

Je le vis écarquiller lentement les yeux.

« Espèces… de gros… connards », murmurai-je.

C'est tout ce dont je me souviens, à l'exception de la bouche ouverte de mon ravisseur et de son expression hallucinée, tandis que je m'effondrais sur l'asphalte, telle l'héroïne hypotendue d'un bon roman de gare.

J'ignore au bout de combien de temps je me retrouvai assis, torse nu, sur le marchepied d'une ambulance.

Un jeune médecin me pansait. La rue, déserte quelques instants plus tôt, était à présent remplie de policiers, ambulanciers et autres représentants de professions plus ou moins identifiées. À l'intérieur d'une limousine noire, un grand homme corpulent, qui portait des lunettes à verres miroir et un blazer bleu, m'observait. Comprenant que le médecin en avait terminé avec mon épaule gauche, il s'approcha et me tendit la main.

« Michael J. Miller. Vous pouvez m'appeler Jay. Je travaille pour le gouvernement. »

Il s'assit à côté de moi sans cesser de me scruter, comme s'il s'efforçait d'évaluer les fluctuations de mon humeur à chaque battement de cils. Puis il sourit, de toute évidence satisfait par les résultats de sa première reconnaissance.

« Ça vous gêne si je vous appelle Kurt ? C'était le prénom de mon écrivain préféré. Très beau prénom.

— Appelez-moi comme vous voulez.

— À ce qu'il paraît, votre blessure n'a rien de grave. »

Je regardai mon épaule.

« C'est une chance. Je n'ai même pas eu besoin de points.

Le médecin m'a appliqué une sorte de glu. Je ne supporte pas la vision du sang. Autrement, je ne me serais pas évanoui. »

Il acquiesça.

« Tant mieux. Soyons clair, cela ne diminue en rien l'énormité de notre erreur. Il s'est agi d'une légèreté impardonnable et je vous assure que nous punirons sévèrement les responsables. »

Il examina le bout de ses chaussures.

« Hélas, les coupes budgétaires ont eu raison de la qualité de nos instructeurs. Nous sommes obligés d'engager des étrangers, rendez-vous compte. Avec tout mon respect, comment obtenir le meilleur d'un élève quand son professeur a du mal à s'exprimer en anglais ? Prenez le garçon qui a tiré sur vous : vingt-deux ans, aussi froid qu'un sérac, et pourtant non seulement il fait feu sans autorisation, mais il rate aussi sa cible à moins de deux cents mètres. Et d'où vient son instructeur ? De Bulgarie, quelle coïncidence. Ne vous méprenez pas, ce n'est pas du racisme, juste la nostalgie de l'école de tir britannique. »

Je jetai un regard circulaire en m'interrogeant sur le sort de mon ravisseur – le fustigateur dérangé des étranges modalités binaires de la sotériologie mormone.

« Qu'est devenu le type au rasoir ?

— Scotland Yard l'interroge. Nous l'avons capturé alors qu'il essayait de vous réanimer, incroyable, non ?

— Et la fille ? »

L'homme indiqua une ambulance.

« On la soigne là-bas. Elle est très choquée, mais n'a que quelques bleus. Et des seins plutôt remarquables, si je peux me permettre. »

Je cherchai du regard ma chemise.

« De quoi avez-vous besoin ? demanda avec empressement mon interlocuteur.

— De mes vêtements. Je vais me rhabiller et débarrasser le plancher.

— Vous plaisantez, j'espère. Vous devez aller vous faire examiner à l'hôpital. Et signer quelques papiers.

— Des papiers ? Quels papiers ?

— Comment ça ? Nous vous avons tiré dessus. Un dédommagement est le moins qu'on puisse vous offrir. Le gouvernement vous couvrira d'or. »

Je fus pris d'un léger vertige.

Miller posa la main sur ma bonne épaule. « Ça va ?

— Oui… non… je ne sais pas.

— Vous le voyez bien, vous avez besoin d'un examen. Ne sous-évaluez pas l'aspect psychologique de l'affaire. Une balle entraîne diverses sortes de conséquences.

— J'en suis certain. Mais le dédommagement n'en fait pas partie. Je ne veux pas d'argent. »

L'homme me dévisagea comme si j'avais perdu la tête. Il s'installa plus confortablement sur le marchepied : son postérieur avait déjà amputé de deux tiers l'espace disponible pour le mien.

« Comment ça, *je ne veux pas d'argent* ?

— Ça me semble clair. Je refuse tout dédommagement.

— Il ne s'agit pas de petite monnaie, vous savez. Réfléchissez bien avant de décliner cette offre.

— Je n'ai pas besoin de réfléchir. »

Il ajusta ses lunettes sur son nez.

« Écoutez-moi. Il y a neuf ans, à Manchester, la femme du propriétaire d'un supermarché a reçu une balle qu'un policier avait tirée au cours d'un braquage. Le garçon visait la main d'un Mexicain armé d'un couteau, mais il a touché le coude de la femme. Nous revenons à ce que je vous ai raconté à propos des instructeurs balkaniques et des erreurs colossales de tir. La femme a attaqué en justice le ministère de l'Intérieur, réclamant deux millions. Au bout de trois ans de bataille légale, le juge lui a octroyé sept cent mille livres. Le gouvernement s'est hâté d'établir une grille tarifaire concernant les incidents de ce genre. Pour un cas comme le vôtre, les dommages et intérêts se montent à trente mille livres, mais... » Il baissa le ton et appuya son regard. « ... en retouchant un peu le certificat médical, je pourrais vous obtenir cinquante mille. »

Il se redressa en boutonnant sa veste.

« Naturellement, si cette somme ne vous paraît pas appropriée, vous pouvez traîner le ministère de l'Intérieur devant les tribunaux. Mais je dois vous informer que la Cour suprême a approuvé la grille tarifaire. Vous risquez de vous enliser des années dans un procès pour obtenir trente ou quarante mille livres supplémentaires. Je ne crois pas que ce soit judicieux. »

Il me lança le regard sournois des spécialistes en litiges bureaucratiques.

« Je n'ai peut-être pas été assez clair, répliquai-je. Je n'ai pas l'intention de traîner qui que ce soit devant les tribunaux. Je n'accepte de signer que deux papiers : mon pardon officiel à l'auteur de l'attentat et mon renoncement tout aussi officiel à la moindre indemnisation. J'ai déjà perdu beaucoup trop de temps comme ça. Je veux juste me remettre au travail. »

L'homme se tourna vers l'intérieur de l'ambulance et avisa mes vêtements sous une couverture en laine.

« Tenez », me dit-il avec un air affligé en me tendant veste et chemise.

Je contemplai avec horreur la manche de la chemise, souillée de sang séché. J'inspectai l'ambulance et dénichai sur un brancard des ciseaux, que j'utilisai pour couper la manche à la hauteur de l'épaule.

« Voici ce que nous allons faire, déclara Miller. Je vous propose soixante mille livres et nous refermons ce chapitre.

— Non, je ne veux pas de votre argent.

— Il ne m'appartient pas.

— Peu importe à qui il appartient, je n'en veux pas. Vos excuses sont plus que suffisantes.

— Oh, vous les aurez aussi. Nous vous remettrons avec le chèque les excuses officielles du ministère écrites sur parchemin. »

Il posa une main sur mon bras intact.

« Soixante-cinq mille. Dernière offre. Il s'agit de l'assurance de deux rotules. »

Au même moment, la fille se montra à l'arrière de la seconde ambulance, vêtue d'un short et d'un tee-shirt frappé de l'emblème de la Croix-Rouge. Me reconnaissant, elle sauta du marchepied et se dirigea vers moi d'un pas décidé. Son léger déhanchement réduisit Miller au silence, mais l'effet fut de courte durée : avant même qu'elle ait atteint la moitié de la distance, il reprit :

« Alors ? »

Soudain j'éprouvai de la compassion pour lui, pour ses surenchères dignes d'un commissaire-priseur, pour l'accaparement d'espace vital que représentaient son postérieur XL et sa façon de parler lancinante.

« D'accord. Donnez-moi ce maudit fric. De toute façon, j'en ferai don à des organisations de bienfaisance.

— Grandiose ! J'ai les formulaires dans ma voiture. »

Il se leva à l'instant même où la fille arrivait. Il la salua d'un signe de tête et, en dépit de sa masse, fonça vers la limousine. La fille s'assit à côté de moi sur le marchepied.

« Comment allez-vous ? interrogea-t-elle.

— Bien. Je n'ai qu'une égratignure. Le médecin n'a même pas recousu la plaie. Il l'a désinfectée et a étalé dessus une sorte de gel cicatrisant ou suturant, ou les deux à la fois. Je garderai une marque, mais la valeur symbolique d'une cicatrice d'arme à feu me récompense largement du risque encouru. »

Elle opina sans grande conviction, puis grimaça en jetant un regard perdu à la ronde. Elle semblait près de fondre en larmes. Ses traits subirent une sorte de convulsion tandis qu'elle s'efforçait de ravaler un tumulte croissant, que seule la fermeture prolongée de ses yeux parvint à réprimer. Quand elle eut recouvré un semblant de sang-froid, elle les rouvrit.

« Excusez-moi, dit-elle. La matinée a été horrible.

— J'imagine. Qui était ce type ?

— Ted Burnett. Il travaille avec nous depuis quelques mois. Ce matin, il a enfoncé la porte du directeur adjoint et s'est mis à hurler. L'autre m'a plantée là et s'est jeté par la fenêtre, en parfait gentleman. J'aimerais qu'on raconte à sa femme qu'il a filé sans pantalon. »

Elle posa les coudes sur ses longues jambes nues. Miller nous rejoignit alors. Il prit un stylo dans la poche supérieure de sa veste et se blottit à ma gauche.

« Comment allez-vous, mademoiselle ? demanda-t-il.

— Mieux, merci », répondit la fille, tandis qu'il me tendait les formulaires.

Je remplis une demi-douzaine de feuilles et les signai sous leurs regards attentifs. Après quoi, Miller me serra la main.

« Tout sera à votre disposition dans quelques semaines.

Merci, Kurt. Ce sont le courage, l'abnégation et la générosité de gens de votre espèce qui rendent ce pays meilleur. Gardez donc le stylo. »

Je lui serrai la main à mon tour en adoptant un air morne.

La fille attendit qu'il se fût éloigné pour dire : « J'ai une question à vous poser.

— Je vous écoute.

— Pourquoi avez-vous dit à Ted qu'il ne pouvait rien vous arriver de mal ?

— Qu'est-ce que j'ai dit ?

— Vous avez très bien compris.

— Je n'ai jamais rien dit de la sorte.

— Mais si.

— Vous avez dû mal entendre.

— Voyons, je n'étais pas évanouie et je ne suis pas sourde. J'ai tout compris.

— Bon, de toute façon, je me trompais », répliquai-je en indiquant la manche ensanglantée près du marchepied.

La fille observa le tissu déchiré avec une étrange fixité. De crainte qu'elle ne perdît conscience, je tendis la tête pour lui cacher cette pièce inquiétante.

« Hé, c'est moi qui ai peur du sang ! » m'exclamai-je en posant une main dans son dos. Elle appuya la tête sur mon épaule.

« Excusez-moi. Dans un instant ça ira mieux.

— Ne vous inquiétez pas.

— Maintenant ça va », déclara-t-elle au bout d'un moment. Elle se leva et passa une main sur son front. « Je dois avoir une tête abominable.

— Vous êtes juste un peu pâle. » Je lorgnai la montre qu'elle avait au poignet. « Il faut que je file maintenant. J'ai un rendez-vous à l'autre bout de la ville. »

Elle acquiesça en reniflant et déplaça les jambes pour me permettre de me lever. J'hésitai à la saluer d'une poignée de main ou à opter pour un geste moins froid et impersonnel. Je m'accroupis en posant les mains sur ses genoux, geste que j'estimai suffisamment intime.

Puis, m'inspirant des propos de Bob Lewis, j'affirmai :

« Je vous en prie, ne perdez pas confiance dans le genre humain à cause de cet épisode négligeable. Le monde regorge d'individus qui n'ont pas appris les manières. »

Elle pencha la tête sur le côté et me fixa, les lèvres pincées, apparemment déçue par la solennité de cet adieu. Hélas pour moi, je ne possédais pas l'élégance naturelle qui atténuait l'impeccable froideur des adieux de Bob Lewis. Je tentai d'y remédier en serrant délicatement ses genoux entre mes mains, mais ma maladresse eut pour seul résultat d'accroître sa mélancolie. Je me rappelai trop tard qu'elle était habituée à subir les abus sexuels de cadres moyens, catégorie dont je faisais à l'évidence partie, moi aussi.

Je me levai et enfilai ma veste en m'efforçant d'analyser les sensations que me causait la plaie anesthésiée. Je ne sentais qu'un léger tiraillement.

Je tournai le dos à la fille et m'acheminai vers Mincing Lane.

Sans interrompre sa conversation téléphonique, Miller m'adressa un dernier salut.

Je tirai mon portable de ma poche et jetai un coup d'œil à l'écran. L'absence d'appels et de messages fut un soulagement.

Je finis par tomber sur un taxi, au bout de la rue. J'ouvris la portière et m'effondrai sur la banquette, épuisé.

Le chauffeur semblait très jeune. Il demanda où il devait

me conduire. Je fouillai mes poches à la recherche de la carte du Dr Leone.

Elle n'y était pas.

« Attendez un instant, dis-je. J'ai l'adresse exacte... quelque part. »

Il me lança un coup d'œil dans le rétroviseur.

« Grey Street, quelque chose de ce genre », hasardai-je tout en inspectant le moindre repli de mon costume.

Il posa une joue dans sa main en coupe.

Un détail, peut-être l'immobilité même de la silhouette que j'avais repérée quelques secondes plus tôt dans un coin de ma vision périphérique, me poussa à tourner le visage vers la vitre.

La fille m'observait sur le trottoir.

Elle leva la main.

Perplexe, j'écarquillai les yeux.

Alors qu'elle avançait, je reconnus la carte de visite du Dr Leone. Elle était sans doute tombée de ma veste pendant que je me rhabillais.

Je baissai la vitre.

Elle s'approcha encore.

« Je me disais que je ne vous avais même pas remercié de m'avoir sauvé la vie, déclara-t-elle en me tendant le petit carton. Vous êtes quelqu'un de bien. Vous méritez toute la chance de ce monde. »

7

À l'âge de quinze ans, je lus une interview de Roman Polanski que je ne compris pas bien, hélas, compte tenu de l'imprécision des allusions à ses vicissitudes et du ton un peu trop élevé des détails professionnels. Mais cet article laissait entrevoir, je me le rappelle, la passion du cinéaste pour les femmes et je devinai alors que les problèmes judiciaires qui l'avaient contraint d'abandonner les États-Unis étaient justement dus à l'exercice maladroit d'une de ces ardeurs. À un moment donné, Polanski, qui n'essayait pas de minimiser sa réputation de débauché devant les estocades du journaliste, citait un proverbe russe qui me frappa :

On ne peut pas embrasser *toutes* les femmes. Mais il faut essayer.

J'ignore ce qui m'avait le plus intrigué à l'époque : la profondeur épistémologique de ce message, ou son origine géographique, à savoir un pays qui conservait dans mon imagination le halo un peu anachronique d'exportateur d'idéaux totalitaires, de nuages radioactifs et de critiques génériques contre la dépravation occidentale. Il me semblait improbable qu'une culture connue pour avoir toujours montré une moralité supérieure pût produire une suggestion aussi audacieuse. J'éprouvai donc le besoin de recourir à un avis digne de confiance pour obtenir une confirmation. Et, comme la sagesse de mon père était toujours prête à éclairer de ses flambeaux les zones d'ombre auxquelles je me heurtais, je lui répétai ce proverbe le lendemain matin. Ma mère, qui servait du lait à l'aide d'une carafe, me lança un étrange regard.

« Un conseil intéressant », commenta mon père.

J'acquiesçai.

« Pour ce qui est de la matrice soviétique, il n'y a là rien d'étonnant, poursuivit-il. D'après les philosophies orientales, la nature de l'être humain est fondamentalement dualiste. Ce qui nous autorise à penser que des forces opposées peuvent cohabiter dans l'esprit d'une société. Si raison et instinct coexistent chez les individus, les graines de la dépravation peuvent également germer dans la Weltanschauung d'une culture notoirement rétrograde comme l'est celle de l'Union soviétique. »

Mon père était professeur de philosophie et avait un faible pour les penseurs allemands. Je n'étais pas certain d'avoir tiré de son habituel étalage d'érudition le sens exact du mot Weltanschauung, mais le tableau général me paraissait clair.

« L'important, c'est que le dualisme soit manifeste, conclut-il. Autrement un individu peut être légitimement classé dans la catégorie des *hupokritês*. Sais-tu de qui il s'agit, Kurt ?

— Non, papa.

— C'étaient des acteurs du théâtre classique grec qui, pour des exigences de scène, interprétaient leur rôle en portant un masque. Le verbe *hypokrinesthai* signifie justement “juger de dessous”, d’où le mot “hypocrite”. L’hypocrite se vante de posséder une moralité limpide dans le seul but de masquer la pourriture nécrotique qu’il abrite.

— Oui, papa.

— Une dernière chose à propos du proverbe que tu as cité, maintenant que ta mère a débarrassé le plancher. Il n’y a rien de mal à embrasser le plus de femmes possible, à condition d’ôter les traces de rouge à lèvres de la dernière avant de passer à la suivante. Tu comprends ce que je veux dire ?

— Je ne sais pas. Je n’en suis pas sûr.

— Peu importe. Contente-toi de ne pas l’oublier. Un jour, la vérité profonde et opportune de mes propos se fraiera un chemin en toi, comme cela arrive avec d’obscures réflexions de Hegel. »

Ma mère se prénommait Francesca et était née dans un village des Marches. C’était une créature encore plus excentrique que mon père, presque hégélienne dans sa façon de communiquer. Elle avait une grande passion pour les plantes, sans doute à cause des faibles exigences que leur soin impliquait en matière de relations. Aidée de deux bonnes amies, Edith et Laura, elle s’occupait d’un jardin botanique à quelques centaines de mètres de chez nous : un demi-hectare bourré de végétaux où les herboristes et les horticulteurs de la région – d’étranges individus aux pantalons larges, aux chapeaux de paille et aux ongles noirs conduisant de vieux pick-up – venaient s’approvisionner chaque week-end. Mon frère et moi passions nos après-midi à jouer parmi les plantes et les arbres de toutes les espèces, toile de fond exotique de nos virées enfantines. Eric avait commencé depuis longtemps à manifester son statut d’enfant introverti. Le seul endroit où, petit, il semblait totalement à son aise était justement la luxuriante île botanique de notre mère ; au cours de son voyage compliqué entre enfance et adolescence, il céda à la fascination d'un champ inculte qui jouxtait le jardin, sorte de lande lunaire se déployant sous un ciel infini. Je le surprenais de temps en temps en train d'observer cette étendue, les doigts agrippés au grillage métallique : une bonne partie de sa cosmogonie à base de créatures sans défense, piégées dans des cages transparentes, s'est formée là, j'en suis certain.

Souvent, parmi les sentiers, nous tombions sur notre mère, qui se promenait avec des clients. C'était justement durant ses longues excursions dans son jardin botanique qu'elle atteignait le comble de son excentricité. S'il lui était impossible d'avoir une conversation en vis-à-vis avec ses interlocuteurs, elle les obligeait de façon subliminale à se placer à sa droite, bien qu'elle ne fût pas affligée de surdité unilatérale et qu'il n'y eût pas de difformités visibles entre son côté droit et son côté gauche. Contrairement à la plupart des gens, elle n'aimait pas dévoiler ses préférences quant à la position de ses invités, ce qui l'amenait à exécuter d'imperceptibles menuets avec une telle rapidité et une telle légèreté qu'elle paraissait se désintégrer. Lorsqu'elle parlait, ce qui n'arrivait pas fréquemment, c'était avec la lenteur et la précision d'un logopédiste dans un concours de diction. Cela produisait chez ses locuteurs une étrange impression à laquelle faisait suite une adaptation rapide ; puis l'habitude devenait contagieuse et ceux qui bavardaient avec elle se sentaient envahis par un calme digne d'un zendõ japonais. Percevant soudain le bruit ouaté de son absence, l'invité à côté duquel elle marchait se retournait et la découvrait admirant un buisson de zoysia d'un air si absorbé qu'il ne pouvait s'empêcher de se demander s'il avait lui-même jamais observé quoi que ce soit avec autant de concentration. Maman sursautait alors et prononçait des mots qui n'avaient aucun rapport avec le zoysia en question, ou avec les propos de son invité.

Je l'aimais profondément, mais elle ne me transmettait pas assez d'humanité. Elle comptait parmi ces étranges créatures qui réservent trop d'intérêt à un monde éthéré, reflet du monde réel, préférant de vagues abstractions à la confortable matérialité des choses. Je ne crois pas l'avoir jamais vue pleurer avant la mort d'Eric, pas même quand un couple de vieux voisins qu'elle aimait beaucoup s'étaient éteints l'un après l'autre.

La période qui suivit l'enterrement de son fils cadet l'anéantit. Elle amplifia sa tendance à l'incorporéité et à la méfiance envers la réalité sensible : pas de contemplation en larmes des photos d'Eric, pas de longs après-midi sur le lit de son fils, un pull-over entre les mains. Elle abandonna les plantes qui, par leur symbolisme du silence et de la passivité, avaient remplacé son besoin intérieur de paix, au profit d'une transcendance encore plus emblématiquement linéaire. Elle observait indéfiniment ciels étoilés et plats horizons au couchant. Une fois par mois, mon père l'accompagnait en voiture au bord de la mer, où elle passait des heures à scruter de manière obsédante les vagues et le ressac, immobile sur une dune, tandis qu'il se promenait en fumant une vieille pipe irlandaise ayant appartenu à mon grand-père. Elle commença à s'attarder longuement devant la fenêtre, les yeux fermés, attitude que, malgré ma méfiance envers le symbolisme psychanalytique, j'interprétai comme le symptôme d'une pulsion de mort. Je décidai de retourner quelques mois à Leicester. Mon retour correspondit à une légère amélioration de l'humeur générale. Un matin, au petit-déjeuner, je demandai à mon père s'il se rappelait l'opinion qu'il avait formulée, neuf ans plus tôt, à propos d'un proverbe russe et le conseil dont il l'avait assortie. Comme il répondait par la négative, je les répétai.

Il voulut juste savoir si j'avais suivi son conseil.

J'acquiesçai.

Mais je lui cachai un détail : la dernière femme que j'avais embrassée et que je continuais d'embrasser avec une extrême satisfaction – au point de penser qu'elle conclurait la série potentiellement infinie de bouches auxquelles Polanski recommandait de consacrer ses attentions – avait cédé à mes avances aussitôt après avoir admis qu'elle s'était immiscée sous une fausse identité à l'enterrement du malheureux garçon que mon frère avait tué involontairement.

Quelques jours après m'avoir avoué qu'elle n'était pas « exactement une étudiante en psychologie, mais un apprenti écrivain à la recherche d'expériences singulières à cataloguer » – aveux à la suite desquels : 1. je lui collai aussitôt l'étiquette d'abeille sournoise suçant les épreuves d'autrui ; 2. elle s'efforça de me prouver qu'elle n'était pas exclusivement intéressée par les souffrances –, Liz me demanda si je me rappelais ce que je faisais au moment exact où Eric mourait dans le lac.

Elle me posa cette question sans se soucier de se préserver par une périphrase d'introduction, alors que nous mangions de la moussaka dans un restaurant grec de Coptic Street. Je posai ma cuiller et bus une gorgée de vin. Puis je regardai la nappe à carreaux et observai un moment de silence.

Je finis par répondre que j'étais dans une salle de sport : alors que mon frère perdait tout lien avec son corps, j'améliorais l'esthétique et l'efficacité du mien dans une salle de musculation à deux cents livres par mois. J'ajoutai que la chose me paraissait triste, ironique et amère.

Au cours des semaines qui suivirent l'accident, j'avais essayé de ne pas y penser, et voilà que la question de Liz ratifiait la licéité de ce tourment. Je n'étais pas certain de devoir l'en remercier.

D'après ce que j'avais lu ou entendu, de nombreuses personnes percevaient une palpitation, un frémissement épidermique, un tremblement indistinct entre cœur et estomac au moment du décès d'un parent ou d'un ami, y compris quand cet être cher se trouvait à des kilomètres de distance ; mais je n'avais pas d'attentes religieuses, et cette question ne m'intéressait pas en matière d'existence de l'âme ou de contacts spirituels dans les expériences de trépas. Je me sentais juste coupable à l'idée que je soulevais une barre à disques en bavardant avec mon moniteur, ou en lorgnant les fesses d'une fille, à l'instant exact où mon unique frère concluait son martyre de métal et d'eau lacustre, prêt à se livrer au néant éternel – ou à une blanche inflorescence de lumière divine, peut-être. J'y voyais un détail de mauvais goût, rien de plus.

Liz avait légèrement froncé les sourcils, à cause de l'allusion aux postérieurs d'autrui ou de ma postille sur les incandescences extraterrestres – je l'ignore.

Quelques jours plus tard, j'avais posé la même question à mes parents.

Ma mère répondit qu'elle travaillait au jardin, comme chaque matin : elle plantait dans une plate-bande une trentaine de bulbes tout juste arrivés de Hollande. Mon père faisait cours. Edith l'avait appelé en vain sur son portable : il parlait à ses élèves du départ tragique du philosophe Jean Scot Érigène, poignardé dans le dos par un tueur inconnu, et il n'avait pas remarqué que son téléphone vibrait dans son sac. Quelques minutes plus tard, un employé avait frappé à la porte et prié papa de rejoindre le proviseur dans son bureau.

Ainsi, durant les derniers instants de leur fils cadet, ma mère s'occupait d'inhumations, alors que mon père décrivait à ses élèves une mort violente et subite. Étranges coïncidences.

De toute façon, ni l'un ni l'autre n'avaient évoqué de mystérieuses perceptions. Cela m'avait procuré une curieuse consolation, pas tant parce que l'absence de signaux ultraterrestres consolidait ma méfiance envers les théories sur la vie après la mort : je n'avais jamais entendu parler de contacts extrasensoriels impliquant plus de deux personnes et je ne voulais pas que l'un de mes parents se sentît diminué en constatant que son lien avec son fils cadet n'était pas aussi solide que celui de son conjoint – du moins s'il fallait se fonder sur la prétendue omission d'un dernier salut filial sous forme de légère et angoissante palpitation thoracique.

Je réfléchis plusieurs jours à cette question. Jusqu'au matin d'avril où mon frère avait décidé de bouleverser l'histoire des deuils familiaux, mon existence avait été constellée d'un nombre normal de joies et de déceptions, sans que des événements particuliers viennent troubler le tracé très régulier de la courbe de cette statistique. Les membres de ma famille les plus proches étaient tous en vie, et, à l'exception de problèmes banals et prévisibles, l'état de santé de mes parents leur réserverait selon toute logique une existence longue et relativement sereine. Mes ambitions professionnelles prenaient un chemin triomphal, ma vie sociale obéissait avec une rigueur inchangée et bénéfique aux préceptes amoureux soviétiques, ainsi qu'aux conseils de mon père. Je n'avais pratiquement aucune raison de me plaindre.

Pourtant, un nuage de pessimisme pesait sur ma vie. J'étais apparemment incapable d'admettre que l'existence pouvait aller de l'avant sur des roulements aussi bien lubrifiés, en une éternelle accélération visant à bouleverser les lois du mouvement. Certes, il y avait des obstacles, mais ils ne semblaient être là que pour donner plus d'élan à mon avancée. Au fond, il suffisait d'allumer la télévision pour avoir la certitude de vivre dans un monde hostile, ponctué de terribles surprises, pièges funestes, contingences fatales organisées par la nature dualiste de toute chose : une joyeuse excursion à la montagne ne risquait-elle pas de se conclure par une chute dans un ravin ? Une promenade tranquille à la campagne, par l'attaque d'un essaim d'abeilles ? Un agréable tour en bateau, par un naufrage ? Quant à la vie métropolitaine, conçue pour réduire au maximum les embûches de la nature perfide, n'offrait-elle pas autant d'occasions d'être renversé, tué par balle, bousculé, transpercé, empoisonné, étouffé, égorgé ou foudroyé ?

En réalité, les malheurs arrivaient régulièrement aux autres. Si bien que, blotti à la fin de la journée dans la tiédeur confortable de mon lit, je me demandais parfois comment j'avais réussi à échapper aux milliers de mésaventures dont tout le monde était la cible. Était-ce de la culpabilité ? L'héritage d'un endoctrinement religieux opiniâtre et accablant ? Ou une contre-indication du fait d'être un homme riche, jeune, beau, cultivé, ethniquement privilégié et, comme tel, en proie à une jalousie paradoxale de sa personne ?

Les statistiques n'atténuaient que partiellement mes angoisses. Comme la plupart des habitants de l'hémisphère Ouest, j'avais :

– 1 chance sur 7 de mourir d'un cancer ou d'une maladie cardio-vasculaire ;
– 1 chance sur 28 de mourir d'une maladie respiratoire chronique ;
– 1 chance sur 109 de mourir d'empoisonnement ou d'exposition à des substances toxiques ;
– 1 chance sur 112 de mourir dans un accident de la route ;
– 1 chance sur 144 de mourir d'une chute ;
– 1 chance sur 182 de mourir dans un incendie ;
– 1 chance sur 3 375 de mourir par étouffement après avoir ingéré de la nourriture ;
– 1 chance sur 6 745 de mourir d'une crise cardiaque à cause d'une température excessive ;
– 1 chance sur 6 780 de mourir dans une tempête ;
– 1 chance sur 8 025 de mourir dans un accident d'avion ;
– 1 chance sur 55 764 de mourir d'un choc anaphylactique après avoir été piqué par un insecte ;
– 1 chance sur 116 448 de mourir d'une morsure de chien ;
– 1 chance sur 164 968 de mourir foudroyé.

Et s'il était possible de réduire raisonnablement nombre de ces menaces en adoptant un mode de vie plus sain et plus prudent, comment me défendre contre les tempêtes ou les insectes ?

Inutile de vous dire que la mort de mon frère balaya immédiatement mes lubies. Je n'avais plus à m'inquiéter – en admettant qu'on puisse qualifier mon état d'âme d'inquiétude – de l'éventualité funeste d'être frappé par la roue d'un avion pendant que je roulerais à moto, étant donné que ce genre d'événements absurdes ne se répétait jamais dans un espace chronologique aussi restreint.

D'une certaine façon, pourrait-on insinuer, mes obsessions m'avaient valu une punition exemplaire : alors que j'avais vécu vingt-quatre années de relative sérénité en portant le fardeau de mes craintes infantiles, l'ironie du sort m'avait puni en arrachant à la vie mon frère infantile. Je n'avais qu'un argument logique à opposer à cette hypothèse : n'ayant jamais cru à une intelligence divine, pourquoi aurais-je dû croire à un créateur céleste assez bête pour tuer mon frère de sang dans le seul but de me châtier ?

Et pourtant, je suis oppressé par la pensée que le cauchemar éveillé qui constitue ma vie depuis quelques mois est peut-être le résultat de mes lubies de jeunesse : ainsi, cette aventure irréelle serait le prolongement démesurément amplifié de la période de paix et de bien-être dont je n'ai pas été capable de profiter en temps voulu. Dans ce cas, est-ce vraiment une punition ? Et, en admettant qu'il y ait un châtiment, est-il vraiment nécessaire qu'il y ait un châtieur ?

Voilà donc ce à quoi il me faut maintenant subordonner toute la sagesse que j'ai acquise au terme de dizaines d'années d'études, de relations humaines, de vie urbaine, de vacances italiennes ou irlandaises, de proverbes russes, de philosophie, de botanique et de statistique, et de douzaines de bouches embrassées avant d'éprouver un unique chagrin lancinant, pour en arriver à capituler devant…

Oui, devant qui ? Ou devant quoi ?

8

Dans le taxi, je commençai à croire que mon téléphone avait définitivement cessé de marcher. À mi-course, le chauffeur, un Chinois ou un Thaïlandais auquel je n'aurais pas donné plus de quinze ans, m'annonça que la climatisation était en panne depuis le matin.

« Ne t'inquiète pas, l'ami. Je ne laisserai pas un petit coup de malchance me gâcher la journée, commentai-je, rempli d'espoir.

— Vous êtes très compréhensif, monsieur. Je vous ferai une remise. »

Je levai les yeux au ciel.

« Bordel ! Les chauffeurs de taxi formeraient-ils maintenant la catégorie professionnelle la plus honnête de Londres ? »

Je me penchai en avant, l'air menaçant.

« Pas de remise ! Mieux, tu auras droit à un pourboire. Ou est-ce contre tes principes d'équilibre entre le yin et le yang ? »

Il secoua la tête en signe de dénégation.

« Non à quoi ? Au pourboire, ou à l'incompatibilité avec tes principes ? »

Il haussa les épaules, perplexe.

Je m'installai plus confortablement sur la banquette arrière.

Le chauffeur ralentit sur une avenue fréquentée. Quelques minutes plus tard, il me déposa devant le numéro 132.

« Voilà, dit-il en se tournant vers moi. Ça fait… hum… treize livres.

— Le compteur marque dix-huit.

— Vous oubliez la remise, monsieur.

— Voilà qui fait vingt. Et ne me fais pas perdre de temps en discussions, sinon j'écrirai une lettre de protestation à ta compagnie.

— Oui, monsieur. »

Il glissa le billet de banque dans une petite banane en chanvre. Je descendis de voiture et examinai les lieux : porte et fenêtres en bois brut, vastes vitres drapées dans des rideaux clairs… Cela évoquait non pas un cabinet psychiatrique, mais un restaurant, même s'il n'y avait pas d'horaires à l'entrée. Pas plus qu'une enseigne visible signalant les caractéristiques ethniques de la nourriture, ou ne serait-ce qu'un indice culinaire.

Un homme sortit. Avant que la porte se refermât, je parvins à distinguer un linoléum couleur sable et un papier peint de mauvaise qualité. Je perçus des voix bruyantes et des effluves nullement raffinés. Oignon, curcuma, laurier ? Épices aux noms improbables, apocopes exotiques de l'art gastronomique de pays très lointains ?

Je jetai de nouveau un coup d'œil à mon portable. Il était impensable qu'on n'eût pas tenté de me joindre depuis deux heures. J'essayai d'appeler le bureau.

Non, mon appareil ne me permettait pas de passer d'appels. Était-ce la faute des terroristes ? Après avoir fait sauter le siège de l'ONS, ils m'empêchaient maintenant d'utiliser mon téléphone ? Je devrais peut-être me joindre à eux.

En revanche, Internet était accessible, quoique difficilement. Ma boîte électronique contenait un mail de Wendy :

Kurt, pourquoi ton téléphone est-il éteint ? Warner est passé au bureau et je lui ai dit que tu t'occupais d'une question urgente avec Bob Lewis. Si je dois continuer à inventer des craques pour te couvrir, je réclame une indemnité de risques : avec cent livres par mois, je continuerai sans remords. À propos de problèmes, un inspecteur de police a téléphoné. Il prétend que ton numéro de portable est inexistant. Il m'a demandé de le lui dicter de nouveau, l'a comparé à celui dont il disposait et m'a annoncé que communiquer de fausses données à un policier constitue un délit grave. J'ai répliqué que ce numéro était authentique et qu'il n'était pas désactivé, précisant que ni moi ni mon chef ne sommes habitués à mentir, et donc mentant pour la seconde fois en l'espace de deux minutes. Il veut que tu l'appelles avant une heure de l'après-midi, faute de quoi il enverra une patrouille te chercher chez toi. Que se passe-t-il, Kurt. Où es-tu, bordel ?

Je refermai ma boîte électronique, glissai le portable dans ma poche et entrai dans le restaurant.

Je me retrouvai dans une vaste salle carrée, partagée par des cloisons en placoplatre, ainsi que par des paravents en similicuir, et meublée dans le style rustique des trattorias : tables en bois couvertes de nappes en papier, vieilles lampes à incandescence, photos en noir et blanc aux murs. Des serveurs en chemise blanche et pantalon de satin noir servaient des soupes fumantes. L'âge moyen des clients, tous assis, me parut inférieur à trente ans, même si ces lieux semblaient dépourvus des prérogatives qu'appréciaient les jeunes Londoniens. L'atmosphère était agréablement chaotique. Presque toutes les photos qui ornaient les murs portaient une signature, mais leurs sujets n'appartenaient pas aux catégories de célébrités que je connaissais.

Une main se leva à une table située au fond de la salle. Étais-je le destinataire de ce signal ? Je regardai attentivement avant de répondre. L'auteur de ce geste était une sexagénaire mince et très élégante.

Ce ne pouvait être que Lucia, même si, à cette distance, elle n'avait pas l'air d'une psychothérapeute. Mais je ne m'attardai pas sur les détails : je m'apprêtais à rencontrer une huile de la psychanalyse, capable d'assumer les responsabilités que le Dr Leone avait évitées en me servant des allusions de mauvaise foi à son traitement alambiqué. Je m'approchai, un bras timidement dressé, et remarquai non sans perplexité que les traits de la femme trahissaient au fil de mon avancée les restes d'une beauté spectaculaire qui paraissait trop voyante pour appartenir aux attributs professionnels d'une analyste. Sans cesser de la scruter, j'atteignis enfin sa table.

Cheveux courts entre blond et gris, yeux verts, bronzage léger, les rides d'une femme d'âge mûr en excellente forme. D'une main embijoutée, elle m'invita à m'asseoir.

« Vous êtes sans doute Kurt, dit-elle d'une voix privée d'accent. Cela ressemble à *kurz*, c'est-à-dire "bref" en allemand. Et je m'arrête ici avec les références. Asseyez-vous. »

Je la dévisageai, confus. Dans un coin du restaurant, quelqu'un l'appela, et elle lui expédia un salut plein de coquetterie. Son allusion à la brièveté anatomique était-elle une approche stratégique ? Une forme fonctionnelle d'humour psychiatrique, un diagnostic rapide fondé sur action et réaction ? Était-ce Freud qui avait écrit tout un ouvrage sur la signification des mots d'esprit ? Qu'étais-je censé répondre ?

« Êtes-vous Mme Dos Santos ? demandai-je sans m'asseoir.

— Qui d'autre ? Asseyez-vous. Je n'aime pas répéter les choses deux fois. »

Elle leva le doigt. Deux secondes plus tard un serveur se présenta.

« Chéri, pas de dessert aujourd'hui, lui dit-elle. M. O'Reilly ne semble pas amateur de cuisine alternative. Il décidera donc d'ici quelques minutes s'il me tient compagnie ou s'il préfère se replier sur un sandwich, chez le traiteur d'à côté, dès que j'en aurai terminé avec lui. »

Je m'assis.

« Je ne suis pas venu ici pour manger », précisai-je.

La femme m'examina attentivement.

« Richard avait raison. Vous ne semblez pas fou. Cela rend les choses plus complexes.

— Richard ? Vous voulez parler du Dr Leone ?

— Et de qui d'autre ? Il m'a téléphoné il y a deux heures et m'a priée de m'occuper de vous. Je lui ai dit que je partais pour Florence, mais il a insisté. J'ai fini par accepter. Le problème, c'est que j'ai trop de dettes envers Richard et peu de chances de les rembourser toutes avant de mourir. »

Je glissai un doigt dans le col de ma chemise.

« Vous avez chaud ? interrogea-t-elle. Ôtez votre veste.

— Il ne vaut mieux pas.

— D'après Richard, vous êtes du genre intéressant. L'histoire qu'il m'a racontée l'est sans aucun doute.

— J'ignore comment le Dr Leone a pu juger mon histoire intéressante, puisqu'il ne m'a pas offert la possibilité de la lui raconter. C'est un ami commun qui l'a informé. Sachez donc que ce sont des renseignements de troisième main. »

Elle sourit. Un minuscule rubis brillait sur sa canine gauche.

« Je comprends. Quoi qu'il en soit, j'ai confiance en la capacité d'évaluation de Richard. Et aussi de mon ancien fiancé.

— De votre ancien fiancé ? Qui ça ?

— Bob Lewis.

— Bob ?

— Oui. Vous ne le saviez pas ? D'après Richard, vous êtes très amis. Bob et moi avons eu une liaison durant l'été 1986. Je lui ai téléphoné il y a une heure, alors que je finissais de préparer mes valises. Je lui ai demandé si vous étiez fou. Il a répondu qu'il n'en avait pas l'impression, mais que, dans le doute, il valait mieux s'en tenir à l'opinion du Dr Leone. »

C'est alors que le serveur revint. Il déposa une carafe de liquide ambré au centre de la table. Lucia remplit nos verres. J'eus l'impression qu'un petit cirrus de vapeur s'élevait du récipient.

« Buvez. Ça vous fera du bien.

— Je ne bois pas de vin.

— Ce n'est pas du vin. Vous ne voyez pas que c'est chaud ?

— Qu'est-ce que c'est ?

— Pourquoi ne pas le découvrir par vous-même ? »

Je portai le verre à mes lèvres.

« C'est du thé, dis-je.

— Une excellente faculté de déduction, félicitations.

— C'est possible. Mais je n'ai toujours pas compris ce que je fais ici. Le Dr Leone a glissé dans ma poche une carte de visite où étaient écrits votre nom et cette adresse sans me donner d'explication concernant votre personne ou la nature de votre travail.

— Une carte ? Typique de Richard. C'est une de ses méthodes subtiles de BST pour stimuler la curiosité. Richard et moi avons fréquenté le Swarthmore en 1974. Il me harcelait déjà en me lançant des messages en papier entre deux pupitres. Plus les professeurs étaient verbeux, plus les polycopiés que nous devions étudier étaient assommants, plus les missives de Richard étaient laconiques. Il a fini par se transformer en virtuose de la concision. Ses messages et ses mails sont des sortes de haïkus. Ce qui l'a le plus séduit dans la stratégie de la thérapie brève, dont il est l'un des plus grands spécialistes du Royaume-Uni, c'est surtout l'adjectif, à mon avis : si elle est brève, a-t-il sans doute pensé, je ne serai pas obligé de rédiger de longs rapports sur l'état de mes patients. Avez-vous vu sa piscine ?

— Je ne me suis pas contenté de la voir.

— Ah, vous y avez piqué une tête. Ne me dites pas que vous avez dépassé les rochers. Cet endroit me donne le frisson. Vous n'imaginez pas combien de fonctionnaires municipaux ont été corrompus pour autoriser la mise en œuvre de ce projet. Ils ont même réussi à en interdire le survol aux petits avions afin d'écarter tout regard indiscret. Mais tôt ou tard, un malheureux prendra trop d'élan et se désintégrera au sol. Alors, je me demande si l'argent et les amitiés bien placés seront suffisants. »

Je me grattai la tête.

« Pour en revenir à votre travail..., dis-je.

— Oui, bien sûr. Excusez-moi, j'ai tendance à faire des digressions. Dites-moi donc ce qu'il y a de si terrible dans le fait que les choses tournent bien pour vous.

— Je ne crois pas que “terrible” soit l’adjectif adéquat.

— Ah non ? Et pourtant, d’après Bob, vous avez utilisé ce mot hier, dans sa voiture. Et puis vous laissez transparaître une énorme inquiétude.

— Je ne laisse rien transparaître.

— Ah non ? Dans ce cas, que faites-vous ici ? »

Je gardai le silence. Lucia écarta son assiette et posa les coudes sur la table. Elle serra les poings, se créant un socle sur lequel appuyer son visage, une opération visant à me soumettre à sa totale attention et à m’empêcher de croire qu’aucun de mes propos ni de mes gestes, tentatives de minimiser incluses, n’échapperait à son analyse.

« Avant de répondre, j’aimerais savoir à qui je m’adresse », dis-je d’un ton un peu plaintif.

Elle leva les sourcils.

« Voulez-vous un CV ? Je vais vous satisfaire immédiatement. Comme je viens de le dire, j’ai fait des études de sciences humaines tout en exerçant le métier de mannequin entre Milan et Paris pour payer ces mêmes études. Je dirige depuis près de trente ans l’une des plus importantes agences de mode d’Angleterre. Dans mes heures de liberté, je m’occuperais volontiers de peinture et de littérature, si mes heures de liberté n’étaient pas un concept étranger à mes capacités à m’en procurer assez pour les qualifier de la sorte. Je suis végétarienne depuis trente-sept ans et je pratique la méditation depuis dix-huit ans, mais je n’ai pas encore atteint la moindre illumination, si l’on excepte la faculté de glisser sur les caprices de mes mannequins sans céder à la tentation de les égorger avec un accessoire de haute couture adapté à ce but. Pendant mes voyages en Angleterre et en Australie, j’ai approfondi des thèmes psychologiques que j’ai partagés avec Richard, lequel les a qualifiés d’âneries, avant de m'expédier des patients privés de pathologies psychiques à proprement parler, mais prisonniers d'associations d'événements compliquées et malheureuses. Des patients comme vous, serais-je tentée de dire, si les circonstances auxquelles nous venons de faire allusion n'étaient pas le contraire du malheur et de la complication. »

Je fourrai de nouveau deux doigts dans le col de ma chemise.

« Il n'y a pas la climatisation ici ? demandai-je.

— Non, juste des ventilateurs au plafond. Pourquoi n'enlevez-vous pas votre veste ? Ce sera bénéfique à votre microclimat personnel, ayez confiance en moi. Je travaille depuis longtemps dans cette branche et je crois pouvoir vous assurer qu'en général moins on porte de vêtements, moins on a chaud.

— D'accord. »

Tordant le buste pour éviter de frôler la plaie, j'ôtai ma veste avec le plus de précautions possible et la posai sur mes jambes.

« Qu'est-il arrivé à votre bras ? interrogea la femme en écarquillant les yeux.

— Un type m'a tiré dessus.

— Vous n'aviez pas une autre chemise à mettre ?

— C'est arrivé il y a deux heures.

— Ne devriez-vous pas être à l'hôpital ?

— Inutile. Ce n'est qu'une égratignure.

— Seigneur ! Et l'homme qui vous a blessé ? Qu'est-il devenu ? On l'a arrêté ?

— Hum... pas vraiment. C'est une histoire un peu compliquée.

— Je croyais que votre problème consistait en un surplus de bonnes nouvelles. C'est peut-être une question de sensibilité personnelle, mais je ne vois pas comment un coup de pistolet peut être considéré comme un signe de chance.

— En réalité, c'était un coup de fusil. Et croyez-moi sur parole si je vous dis qu'il m'a procuré un bénéfice de loin supérieur à cette gêne. »

Je regardai la plaie.

« Justement, c'est là le problème, dans un certain sens, dis-je. Il ne s'agit pas de *chance*, même si cela m'arrange pour le moment d'utiliser ce mot. Je ne trouve pas de billets de banque sur le trottoir. Je ne gagne pas le gros lot à la loterie. Les aventures qui m'arrivent sont moyennement improbables, pas miraculeuses. On dirait que, face à la possibilité de bien ou de mal tourner, chaque événement me concernant choisit la première option. Mais, croyez-moi ou pas, je n'en peux plus. »

Je promenai le regard sur la salle. Deux filles me fixaient, à une table voisine, sans doute plus attirées par mon étrange tenue que par mon magnétisme viril.

« Pourquoi ? demanda Lucia. Pourquoi n'en pouvez-vous plus ? »

Je haussai les épaules.

« Je ne suis pas certain de savoir vous répondre. Peut-être parce que mon système de valeurs est mis à rude épreuve. La structure psychique qui me sert de repère, ma croyance dans la stabilité des événements statistiques, vacille dangereusement. »

La femme jeta un coup d'œil à sa montre. « Mon chauffeur va bientôt arriver. Il ne me reste que cinq minutes à vous consacrer.

— J'espère qu'elles vous suffiront pour m'expliquer ce qui se passe.

— Peut-être. »

Elle croisa les bras et se pencha vers moi.

« Il y a de nombreuses années, j'ai rencontré dans un village indien un homme qui avait le même problème que vous : la chance lui souriait de façon éhontée depuis plusieurs mois. Comme vous, non seulement il ne parvenait pas à s'en réjouir, mais il souffrait d'un terrible sentiment de culpabilité. Il ne se sentait pas coupable envers un prochain générique, une humanité abstraite ou un hypothétique sens de la justice, mais envers un individu bien précis.

— Un individu précis ? Qui ça ?

— Je l'ignore. Et il l'ignorait lui aussi. Mais, selon ses croyances religieuses, cette longue période de prospérité devait nécessairement correspondre à une période spéculaire de malchance chez un être humain précis, auquel le karma le liait en vertu de je ne sais quelles incarnations précédentes. Il fallait qu'il trouve cet individu à tout prix, avant que ces excès contraires ne leur soient fatals à tous les deux.

— Fatals ? De quelle façon ? »

Un homme de grande taille en uniforme et casquette se matérialisa à côté de moi.

« Madame, nous devons partir, dit-il. Il y a beaucoup de circulation.

— J'arrive dans une minute, Jeff. Attends-moi à l'entrée, répondit Lucia avant de poser une main sur la mienne. Il n'a pas précisé, mais de la pire des façons, je le crains. »

Je passai ma main libre sur mon visage.

« Et pour quelle raison m'arriverait-il une chose pareille ? Je ne crois pas au karma ou à des âneries de ce genre.

— Eh bien, de toute évidence, ces âneries croient en vous. Mais il n'existe personne au monde capable de répondre avec certitude à votre question, je le crains. De toute manière, il est inutile d'y penser maintenant. Il faut avant tout retrouver cette personne. Après quoi, il suffira probablement que vous vous touchiez ou vous regardiez pour qu'il se produise quelque chose. »

Je fermai les yeux pendant quatre ou cinq secondes. Je les rouvris et fixai Lucia intensément.

« Si j'ai bien compris, dis-je, je devrais partir à la recherche d'un individu dont j'ignore le nom, le sexe, la race, l'âge et tout autre détail, à l'exception d'une tendance prononcée à attirer la malchance. Parmi plus de sept milliards d'êtres humains. »

Elle se leva.

« Non, Kurt. Vous êtes lié à cette personne par le karma. Cela signifie que vous la connaissez, ou que vous vous apprêtez à faire sa connaissance. De toute façon, vous disposez de deux éléments en votre faveur.

— Lesquels ? »

Elle posa de nouveau la main sur la mienne.

« Primo, vous êtes un homme intelligent et fin, possédant d'excellentes ressources financières, ainsi qu'un réseau de relations et de contacts tout aussi important.

— Deuzio ? »

Elle se pencha légèrement et déposa un baiser sur ma joue. Y avait-il un petit sourire ironique sur ses lèvres ?

« Vous avez de la chance. »

9

Karma. Mot signifiant *action.* Mais indiquant aussi – ce qui renforce ma méfiance pour les pièges sémantiques des langues orientales – les *conséquences* de l'action. Cela revient à dire que le mot *pistolet* aurait non seulement le sens que nous savons, mais qu'il signifierait aussi « orifice dentelé et sanglant dans la chair d'un individu que le destin a placé du côté dangereux d'une arme à feu ».

J'ai brouillé encore plus les pistes en insérant dans la phrase précédente le mot *destin*, pour introduire le malentendu habituel qui consiste à confondre le sens de karma avec le concept de *sort.* En réalité, le karma est la somme des attitudes d'un être humain et des crédits (ou des dettes) spirituels qui en découlent, comptabilisés avec des scrupules minutieux par de prétendues assises divines. Le destin évoque, en revanche, un mystérieux chaos d'où surgissent récompenses ou punitions accidentelles, auxquelles la conduite des êtres vivants ne serait pas directement liée.

Inutile de préciser lequel, de ces deux systèmes philosophiques, me convient le mieux. Derrière le bureau de Leyland Scott, le vieux professeur universitaire qui nous mettait en garde chaque jour contre la dangereuse tendance à simplifier à laquelle s'expose quiconque s'occupe de science probabiliste, trônait une plaque portant une citation de Mark Twain : « La statistique a ceci de fascinant que, pour un investissement en faits ridiculement bas, on obtient un rendement en conjectures étonnamment élevé [1] », allusion assez claire à la série de manipulations qu'un chercheur de cette branche était capable d'accomplir pour obliger les circonstances à se plier à ses opinions. Ce fut le Pr Scott qui nous introduisit aux implications scientifiques de l'erreur logique *post hoc, ergo propter hoc*, en vertu de laquelle si un événement se produit à la suite d'un autre, cela ne signifie pas nécessairement qu'il existe entre eux un lien causal. Mais, tout en quittant le restaurant, je songeai que l'idée de karma pouvait s'insérer avec une certaine dignité dans l'enchevêtrement d'absurdités que ma vie était devenue. Je jetai un coup d'œil à mon téléphone. Toujours aucun appel. J'essayai une nouvelle fois de contacter mon bureau, puis les portables de ma femme et de quelques amis. Rien. Même l'accès à Internet m'était maintenant interdit.

Je demandai à un passant s'il y avait dans le quartier une boutique où l'on vendait et réparait les téléphones. Il m'invita à tenter ma chance dans Acton Street. Je suivis ses indications et, cinq minutes plus tard, pénétrai dans un petit centre commercial en forme de pyramide tronquée. La boutique se trouvait au premier étage.

Le jeune vendeur joua un moment avec l'interface de l'appareil, puis ôta son couvercle et effectua une manœuvre de réanimation, soulignant au moyen de petites grimaces

1. Dans cette citation tirée de *La Vie sur le Mississippi* (traduction de Bernard Blanc, Payot & Rivages, 2003), Twain n'utilise pas le mot « statistique » mais le mot « science ». *(Note de la traductrice.)*

le diagnostic qu'une symptomatologie aussi grave entraînait.

« Le numériseur est pratiquement mort, affirma-t-il. Tout comme les capteurs de proximité et de luminosité. Il faut que je commande les pièces. Je les aurai dans quatre ou cinq jours.

— Pas de problème. Tu peux me prêter un mulet ?

— Un mulet ?

— Un appareil de secours. Un mulet. Tu ne connais pas la Formule 1 ? C'est un mot qu'on utilise dans ce milieu.

— Je n'y connais rien en sport automobile.

— Moi non plus. »

Il me lança une série rapide de coups d'œil, ce genre de regards qu'on réserve d'habitude aux individus dont les engrenages mentaux sont légèrement asynchrones par rapport aux siens. Je le dévisageai avec une complaisance presque paternelle. Il était grand, un peu voûté, avait les muscles flasques des adversaires idéologiques de toute activité physique : un des nombreux représentants de cette catégorie d'êtres humains que mon entraîneur et conseiller financier, Wayne Merrill, qualifierait de « ramollos pathétiques », condamnés à une vie de souffrance par leur mollesse musculaire et les inflammations des cervicales affectant les maniaques des téléphones portables.

Pour ma part, j'étais davantage effrayé par les effets psychiques de milliers d'heures passées en adoration devant un appareil à haut rayonnement de crétineries. La population occidentale semblait avoir attribué au portable la sacralité dont un voyageur du Moyen Âge investissait le crucifix en bois à son cou. C'était inquiétant. Quelles conséquences aurait à long terme la surexposition à un nombre colossal d'informations fausses, non vérifiées ou d'une importance incertaine ? Nouvelles sans intérêt, milliards de stimuli multicolores dont l'utilité était inférieure même aux petites perles de couleur que les premiers colonisateurs européens offraient aux sauvages du Nouveau Monde : toutes les idées insignifiantes qui proliféraient sur le Net – réflexions qu'une intelligence tout juste passable aurait précipitées d'une roche Tarpéienne idéale immédiatement après en avoir accouché – acquéraient de la dignité dans le limon des réseaux sociaux, d'où elles produiraient des débats tout aussi désespérés. Je regardai le vendeur extraire la carte SIM de mon téléphone et l'introduire dans le support d'un autre. Cette opération fut effectuée avec une délicatesse de miniaturiste qui m'émerveilla. Soudain la vision de ces doigts légers qui dansaient dans les entrailles des appareils me rappela une lecture récente. D'après de nombreuses études, la génération des obsédés du Web et des jeux vidéo développait de puissantes capacités de synchronisme œil-main et de coordination des réflexes moteurs, des compétences techniques et informatiques de premier ordre et des facultés analytiques tout aussi formidables : qualités nécessaires pour sélectionner les contenus utiles parmi les tonnes d'ordures télématiques qui les submergeaient chaque jour. Le garçon qui se tenait devant moi n'était pas en mesure d'effectuer une seule flexion, mais son érudition de navigateur incluait des horizons inimaginables.

Il possédait peut-être des informations susceptibles de m'être utiles.

« Tu sais ce qu'est le karma ? »

Il me fixa sans grand étonnement.

« Le karma ? » répéta-t-il.

J'acquiesçai.

« Un truc genre le destin », répondit-il.

Je m'abstins de commenter. Non loin du comptoir se dressait une porte en verre dépoli derrière laquelle on devinait les silhouettes dadaïstes d'une chaise et d'une table.

« Qu'y a-t-il là-dedans ? demandai-je.

— On est en train d'aménager un petit bureau.

— Il me semble déjà bien aménagé. Du moins pour moi. Ça t'ennuie si je m'y assieds et passe quelques coups de fil ? »

Je vis ses traits se coaliser autour d'une possibilité de refus, sans parvenir à serrer les rangs d'une justification décente dans un délai assez bref. Un élan de tendresse m'envahit. J'avais affaire à un de ces individus qui non seulement se meuvent dans le monde désarmé des prétextes, mais qui sont aussi privés du bon sens qui leur éviterait de s'intégrer dans un contexte professionnel dont l'art du mensonge constitue un fondement indispensable. On devrait interdire à ce genre de personnes de travailler dans le commerce.

« Pas de problème », dit-il avec un filet de voix.

Je n'eus pas le courage de le regarder une seconde de plus. Je saisis le téléphone et entrai dans le bureau.

Je passai les vingt minutes suivantes à consulter le répertoire. Il contenait six cent vingt-quatre contacts : en écartant les personnes dont j'étais certain de savoir le nécessaire et celles avec lesquelles j'étais tout aussi certain de ne pas entretenir de lien karmique – du moins dans l'acception de l'adjectif spirituellement acceptable par mon esprit –, il ne restait que quarante-sept noms. J'ouvris les tiroirs de la table à la recherche de papier et d'un stylo. Je dénichai une facture et un crayon. Je mis dix minutes supplémentaires pour retranscrire les noms et les numéros au recto de la facture, puis respirai profondément et commençai par le premier.

Il s'agissait de Liam Green, un camarade de lycée. Il était

sorti indemne d'une affaire de pédopornographie, quelques années plus tôt. Je croisai les doigts en espérant que cette absolution était légitime et bien attestée.

Il ne répondit pas sur son portable, et le numéro de son domicile se révéla inexistant.

Je tentai ma chance avec Petra Libowsky, ma fiancée du lycée. Je l'avais vue pour la dernière fois le jour de son mariage, sept ans plus tôt.

« Allô ? dit-elle après deux ou trois sonneries.

— Petra ? Salut, c'est Kurt. Comment vas-tu ? Je te dérange ?

— Non… tu ne me… Kurt comment, pardon ?

— O'Reilly. Nous étions en classe ensemble à Newton. Puis au cinéma, à la pizzeria et au lit, dans cet ordre, je crois, il y a une quinzaine d'années.

— Kurt. Mais bien sûr. Quelle surprise ! Comment vas-tu ?

— Pas mal, merci. Et toi ?

— Très, très bien. Je travaille toujours chez Harrods et je suis encore mariée. Pas d'enfants pour le moment, et donc la routine habituelle : maison, boulot, pub.

— Ton mari ?

— Il va bien. Josh a toujours eu l'enthousiasme facile : il part au quart de tour, même si la plupart du temps il ne croit pas à ses propres lubies. Pour l'instant, il est obsédé par l'Australie. Cela fait des mois qu'il envisage d'y emménager, mais je ne suis pas sûre d'être prête pour tout cet espace.

— Je te comprends. J'aurais des commentaires sulfureux à faire sur cette manie des obsessions exotiques, mais ma secrétaire vient d'entrer et elle m'a annoncé en langage des signes que je suis convoqué à l'étage supérieur. Tu seras dans le coin un peu plus tard ?

— Où veux-tu que j'aille ?

— Tu as des nouvelles de Glenn et de Jenny ? Ça fait un bail que…

— Jenny et moi, on se téléphone souvent. On a dîné ensemble la semaine dernière. Elle s'est plainte des avances incessantes de son mari. J'en déduis qu'il est lui aussi en excellente forme.

— Et Samuel ? Que devient-il ?

— Brentwood ? Tout va bien pour lui, je l'ai vu il y a deux ou trois jours.

— Et Liam ? Liam Green ? J'ai essayé de l'appeler, mais il ne répond pas sur son portable, et sa ligne fixe semble désactivée.

— Green ? Non. Il s'est évanoui dans la nature. Quelqu'un m'a dit qu'il habite une bourgade de gourous celtiques dans les Highlands écossaises, mais je ne sais pas. Un bruit de ce genre a couru sur toi, il y a deux ou trois ans. Mais pourquoi me poses-tu toutes ces questions ? Tu as une maladie grave et tu veux plonger dans les douceurs du passé une dernière fois avant de mourir ? J'ignore si je suis disponible, mais nous pouvons en discuter. Fondamentalement, cela dépend de la maladie que tu as.

— Je suis touché par ta générosité.

— Vraiment, chéri, tout va bien ? Tu as une drôle de voix.

— Tout va à merveille, Petra. J'avais juste envie d'entendre ta voix. Il y a entre nous un lien karmique, ne me dis pas que tu ne t'en es pas aperçue. Maintenant il faut vraiment que j'y aille. Je te rappellerai bientôt. »

J'effaçai les noms de Petra, Josh, Glenn, Jenny et Sam. Puis je composai le numéro de Don Fisher, un ingénieur dont j'avais fait la connaissance à la salle de gymnastique. Il décrocha à la huitième sonnerie.

« Allô ? murmura-t-il.
— Salut, Don. Ici Kurt O'Reilly. Tu ne te souviens peut-être pas de moi. Je t'appelle à un mauvais moment ?
— O'Reilly ?
— Exact. Nous nous sommes rencontrés chez Wayne il y a deux ou trois ans. Nous faisions de la boxe, une pratique qui m'a été très utile récemment. Tu ne te rappelles pas ?
— Si, je crois bien. Mais quelle heure est-il ?
— Presque trois heures. J'ai l'impression de te réveiller. Tu faisais la sieste ? Tu n'es pas au bureau ?
— Non. Ou plutôt si. Je suis à La Paz.
— La Paz ? La Paz en Bolivie ?
— Exactement.
— Et qu'est-ce que tu fais à La Paz en Bolivie ?
— Le jour, je dirige les travaux de construction d'un barrage. La nuit, je dors ou réponds au téléphone.
— C'est la nuit là-bas ?
— Si ce n'est pas la nuit, il s'agit de l'éclipse solaire la plus spectaculaire qui ait jamais existé dans l'histoire de l'astronomie.
— Bordel. Excuse-moi, Don.
— Ça ne fait rien.
— Je voulais juste savoir comment tu te portes.
— Je ne me plains pas. Je termine la première phase des travaux dans deux mois et je reviendrai passer quelques semaines à Londres. Si ça te dit, nous pourrions boire une bière ensemble.
— Bien sûr. Appelle-moi à n'importe quelle heure. Même la nuit.
— Bonjour à Wayne. »
Je raccrochai et fermai les yeux.
Je les rouvris, effaçai Don Fisher au verso de la facture et

téléphonai à Luc Bouvier, un vieil ami et collègue de mon père. Personne ne répondit. « C'est inutile, murmurai-je à l'intention du combiné. Tout est inutile. »

Je tentai ma chance avec Michael Forcebourne, un camarade d'enfance de Leicester. Je n'avais plus de ses nouvelles depuis des années. Il répondit à la seconde sonnerie.

« Kurt, dit-il. Oh, Seigneur ! Je n'arrive pas à le croire !

— Salut Mike. Comment vas-tu ?

— Bien... je vais bien, Kurt.

— Tu as une drôle de voix, tu as mal à la gorge ?

— Non... pas vraiment. Et toi ? Que deviens-tu ? Comment ça va ?

— Moi ? Plutôt bien. Je vis toujours dans notre capitale frénétique et multiethnique. Je me suis marié et je travaille pour le gouvernement.

— Formidable ! J'ai souvent envisagé de m'installer à Londres, mais il m'aurait d'abord fallu tuer ma mère.

— Comment va Flora ?

— Bien. Même trop bien.

— Que faisais-tu ? Je te dérange ?

— Non, non. Je suis à l'hôpital.

— À l'hôpital ?

— Oui. On m'a opéré hier matin.

— Opéré ? De quoi ?

— Je... j'ai changé de sexe, Kurt.

— Oh putain ! Tu t'es fait couper la...

— S'il te plaît, ne prononce pas ce mot, Kurt. Je suis encore psychologiquement instable. Mieux vaut éviter toute nostalgie.

— Je ne sais pas quoi dire.

— Dans ce cas ne dis rien.

— Comment te sens-tu ?

— Mieux. Beaucoup mieux, même. J'ai eu du mal à prendre cette décision, mais cela faisait trop longtemps que je vivais une terrible contradiction. J'ai envisagé le suicide une douzaine de fois. Je crois que je me ferai appeler Veronica.

— Un joli prénom. J'ai une tante italienne qui le porte.

— Le traitement hormonal a des effets collatéraux hallucinants. Je t'épargne les détails.

— Merci, Mike.

— Tu avais quelque chose de particulier à me dire ?

— Non, non. Tout à l'heure, pendant le déjeuner, j'ai été pris de nostalgie pour l'insouciance de notre jeunesse. J'ai pensé à toi et je t'ai appelé, voilà tout. Je voulais juste avoir de tes nouvelles.

— Oh, c'est adorable de ta part. Eh bien, j'ai entamé le protocole menant à l'opération il y a six mois et je sens que j'ai atteint depuis une sorte d'apaisement.

— Tu ne peux pas savoir combien j'en suis heureux. Hélas, ma secrétaire m'ordonne de me préparer pour la réunion habituelle du jeudi et je dois te laisser.

— Ah, tu te rends compte, je croyais que nous étions mercredi. Je suis ici depuis trois jours et j'ai déjà perdu la notion du temps.

— Non, nous sommes bien mercredi. Mais nous avons une réunion aujourd'hui aussi, une sorte de répétition générale de celle du jeudi. Je te rendrai visite dès que j'irai voir mes parents. As-tu des nouvelles d'Andy et d'Amber ? Ça fait un bail que je veux les appeler.

— Je les vois de temps en temps. Ils se sont séparés il y a peu, mais ils fréquentent les mêmes restaurants qu'avant. À en juger par leur apparence, leur vie sexuelle a connu un nouvel élan depuis leur séparation. C'est ce que tout le monde raconte. D'après maman, la voiture d'Andy est garée au moins deux nuits par semaine derrière la maison qu'il a laissée à Amber. J'ignore comment elle l'a appris, mais je sais par expérience que ma mère est une source très fiable.

— Et Jason ? Comment va Jason ?

— Jason comment ?

— Jason Voorman. Le fils du Hollandais. Celui qui disséquait les grenouilles avec des lames de rasoir.

— Seigneur, Kurt. Je croyais que tu étais au courant.

— Au courant ? Au courant de quoi ?

— Jason est mort en Afghanistan il y a trois ans. Il s'était enrôlé dans les Forces spéciales. Son véhicule a sauté sur une mine pendant une reconnaissance.

— Oh non… je suis désolé.

— Le maire a proclamé trois jours de deuil. Le ministre de la Défense et quelques huiles des forces armées ont assisté à l'enterrement. Je trouve bizarre que tes parents ne t'aient pas informé.

— Moi, ça ne me surprend pas. Leur intérêt pour les morts violentes de jeunes gens a été totalement balayé par des vicissitudes personnelles. Je suis désolé pour Jason. Enfant, c'était un ignoble tortionnaire d'animaux, un vrai con, mais il ne méritait pas une mort pareille.

— Kurt… je voulais te dire que je regrette de ne pas avoir assisté à l'enterrement de ton frère. Je me trouvais à Bruxelles pour des raisons professionnelles. Ce qui lui est arrivé m'a bouleversé, je le jure.

— Oui, ça a été un coup terrible pour tout le monde.

— J'ai pleuré deux semaines d'affilée. Il était le meilleur d'entre tous.

— Oui. Un peu pénible, peut-être, mais certainement le

garçon le plus sensible et le plus généreux que j'aie jamais connu.

— Excuse-moi. Je ne voulais pas rouvrir de vieilles blessures.

— Je t'en prie. Je n'ai pas besoin de retrouvailles téléphoniques pour me souvenir d'Eric. Depuis six ans, je pense à lui chaque jour. »

Il commença à sangloter tout bas au téléphone. Je gardai le silence. Je fixais le mur d'en face en m'efforçant de ne penser à rien.

« Excuse-moi, Kurt, dit-il au bout d'un moment.

— De quoi ?

— Je ne sais pas, mais excuse-moi quand même. Je vais te laisser maintenant, tu as ta réunion. C'était chouette de t'entendre.

— Le plaisir est partagé. »

Je raccrochai et posai le portable sur la table. Je continuais de regarder le mur blanc sans cligner des yeux. De petits filaments de matière organique dansaient dans le corps vitré de mes yeux. *Muscae volitantes*. Myodésopsie. Des mots différents pour indiquer la même chose. Tous les sons du monde n'étaient que la tentative de s'opposer au vide. De combien de mots avais-je besoin pour remplir le mien ?

Le téléphone sonna. C'était Luc Bouvier.

« Salut, Luc, lui dis-je. Ici Kurt O'Reilly.

— Je sais. Ton nom était affiché sur l'écran de mon portable et je suis encore capable de lire. Qu'est-ce que tu veux, bordel ? Il est arrivé quelque chose à ton père ?

— Non, il va bien. Tout va bien. Je voulais juste avoir de tes nouvelles.

— De mes nouvelles ?

— Oui, ça fait longtemps qu'on ne s'est pas parlé, et cinq

minutes au téléphone de temps en temps, c'est le moins qu'on puisse faire.

— Eh bien, à en juger par la fréquence de tes appels ces derniers temps, il vaut peut-être mieux que tu profites de ces cinq minutes pour un adieu. J'aurai soixante-seize ans en novembre et je crains que ma vieille carcasse ne résiste pas dix ans de plus.

— Comme tu exagères ! Nous nous sommes vus chez mes parents pas plus tard que… hum… il y a quatre ou cinq ans, en effet. Pour l'enterrement de tante Gladys, me semble-t-il.

— Oui. Et l'année précédente, j'étais aux obsèques de ton pauvre frère. Que Dieu ait son âme. En considérant que nos conversations finissent par correspondre avec un enterrement et que, de nous deux, je suis le plus désavantagé en matière d'âge, permets-moi de toucher du bois. Et ne te vexe pas si je fais en sorte que cette conversation dure le moins longtemps possible.

— Dis-moi au moins comment tu vas.

— Comment veux-tu que j'aille ? J'ai de l'arthrose, la prostate gonflée et une lombalgie. Toutes les heures que j'ai passées à enseigner les mathématiques à des bandes de mules sauvages ont réduit mes vertèbres à une rangée de castagnettes. J'essaie la méthode Mézières, inventée par une infirmière lesbienne et paranoïaque. J'ai déjà supporté onze séances. Après la dernière, j'ai chassé le kiné à coups de pied aux fesses et lancé une campagne sur Avaaz pour intégrer ce protocole à la liste des tortures certifiées. Hélas, mon état de santé s'améliore et je crains de devoir poursuivre ces pratiques moyenâgeuses, importées, comme par hasard, d'un pays qui n'a aboli officiellement la peine de mort qu'en 1981. Et maintenant fiche-moi la paix, car le mot "mort" me rappelle le spectre qui flotte au-dessus de moi depuis trois minutes.

— Je suis heureux d'apprendre que tu te portes bien.

— Je ne dirais pas "bien". Plutôt pas mal. Bonjour à tes parents. Et essaie de profiter de la vie, car elle est brève. »

Il raccrocha. J'examinai la facture. Je biffai les noms de Luc, Michael, Andy, Amber et Jason. J'étais épuisé.

C'est alors qu'arriva un SMS.

Je le lus. Il venait de Liam Green.

Qui que tu sois, tu n'as pas de mes nouvelles depuis longtemps, sinon tu saurais qu'il est inutile de m'appeler. Je ne réponds jamais au téléphone, bien que j'en possède un pour ne pas oublier l'origine prométhéenne de la technologie. Je réponds par un message lorsque les fréquences vibrationnelles me paraissent importantes. Je sens que tu as besoin d'aide, mais je sens également que je ne peux rien faire pour toi. Quel que soit ton problème, je te souhaite de te rendre dans le lieu de paix où je me trouve, grâce au recul duquel tout dilemme devient négligeable. La réponse, c'est l'amour. Bonne chance.

P.-S. : Pour les dons à notre organisation, rends-toi sur le site www.druidefluide.com.

Druide fluide ? Les racontars celtiques concernant Liam me parurent soudain crédibles. Je me demandais comment appliquer les potentialités résolutives de l'amour à mes tourments intimes quand le téléphone sonna. C'était ma femme.

« Kurt, que se passe-t-il ? Ton portable était éteint. J'ai appelé à ton bureau et ta secrétaire avait une drôle de voix. Tout va bien ? Où es-tu ?

— En déplacement pour mon travail et très occupé.

— À quelle heure rentres-tu ?

— Je ne sais pas. Je ne sais même pas si je dînerai à la maison.

— Je t'attendrai debout. Je suis un peu nerveuse.
— Pourquoi ? Qu'est-ce que tu as ?
— Rien. J'ai juste envie de t'avoir près de moi.
— Tu dînes dehors ?
— Je ne sais pas. Hisako m'a demandé de descendre chez elle, mais je ne suis pas certaine d'en avoir envie. »

Hisako était la locataire du rez-de-chaussée. Et une autre victime des intrigues littéraires de ma femme : elles avaient fait connaissance pendant le casting d'une performance d'art entomologique – ou entomo-art, comme on l'appelait dans le cercle plutôt restreint de ses amateurs – dont la petite Japonaise était la figure la plus représentative. Liz avait feint d'être un apprenti mannequin et avait été sélectionnée en vertu de prétendues connexions spirituelles avec les insectes dont elle représenterait l'arrière-fond vivant. Ainsi, alors qu'elle allongeait son corps à moitié nu dans le potager urbain d'une coopérative de squatteurs afin qu'on le recouvrît d'un millier d'escargots vivants, elle avait découvert qu'elle partageait avec Hisako d'innombrables perspectives sur le symbolisme artistique et sur les sandales de Manolo Blahnik au point de se lier d'amitié instantanément avec elle. La jeune fille lui ayant dit qu'elle cherchait un appartement plus proche du centre-ville, Liz lui avait loué le rez-de-chaussée pour une somme que j'imaginais proche de zéro. À notre première rencontre, j'avais dit à Hisako que les escargots n'étaient pas des insectes. Elle avait répondu par un haussement d'épaules, comme pour signifier que la rigueur taxonomique n'était pas un détail important sur le plan artistique.

« Hisako est bouddhiste, n'est-ce pas ? interrogeai-je.
— Je n'en suis pas certaine. Mais elle a une sorte de

Gohonzon accroché dans sa salle à manger. Je pense donc que oui.

— Si elle est bouddhiste, elle croit au karma.

— Ça se peut. Mais en quoi cela t'intéresse-t-il ?

— Pourquoi cela ne m'intéresserait pas ? C'est un concept fascinant.

— Tu ne crois pas à ce genre de chose.

— Pas moi. Mais toi oui, il y a quelques années.

— C'est vrai. Je croyais au karma, au cycle infini de morts et de renaissances et à la réalité phénoménale en tant qu'illusion. Je croyais aussi à un tas d'autres choses, mais au terme de ma longue dérive cynique j'ai tout abjuré avec une extrême satisfaction.

— Pourquoi ?

— Comment ça, pourquoi ? Je te l'ai expliqué vingt fois.

— Oui, mais en me fournissant autant de versions différentes. Y en a-t-il une définitive ?

— Bof.

— Allez, je suis pressé.

— Peut-être parce que j'étais épuisée. Ce genre de truc constitue un effort quotidien. Il faut tout filtrer à travers un système de croyances dont on ne sait plus si on les a choisies parce qu'elles ont un sens, ou pour le seul plaisir de renier ce qu'on vous a inculqué dans l'enfance. Un peu comme ces adolescentes qui sortent avec le toxico du quartier pour faire enrager leur mère.

— Tu es déjà sortie avec le toxico du quartier ?

— Non. J'ai attendu de te rencontrer pour me venger de mes parents.

— Le karma te punira pour ce que tu viens de dire.

— Je ne crois plus au karma. Rentre de bonne heure. »

Je raccrochai et cherchai un numéro de téléphone sur

Google. L'allusion de Liam aux perversions de la technologie m'avait ramené à l'esprit mon vieux professeur de philosophie, qui ponctuait de temps en temps ses cours de commentaires vaguement luddites. Je me demandais si Stephen Lack était encore en vie – il était déjà à deux doigts de la retraite quand je fréquentais le lycée – et assez lucide pour se souvenir de moi.

Je trouvai son numéro et le composai.

« Allô ? répondit une voix au bout de deux ou trois sonneries.

— Bonjour. Je cherche M. Lack.

— Dans ce cas vous pouvez arrêter vos recherches. Vous venez de le trouver.

— Parfait. Je suis un de vos anciens élèves, monsieur Lack. Kurt O'Reilly. Vous vous souvenez de moi ?

— O'Reilly ? Il me semble... oui, bien sûr, je me souviens. Tu es ce demi-sang italien qui passait son temps à fixer les seins de ta voisine, cette Polonaise sans pudeur... comment s'appelait-elle ? Kowalsky ?

— Libowsky. Petra Libowsky.

— Exactement. Affectée d'une grave forme d'allergie aux soutiens-gorge, n'est-ce pas ? Comment ça va, mon garçon ?

— Couci-couça, monsieur. Et vous ?

— Je ne me plains pas. J'ai fêté mes quatre-vingt-cinq ans la semaine dernière et mes enfants ont organisé une fête chez Lucy's, ce restaurant dont tout le monde parle. Il se trouve dans Rupert Street, me semble-t-il. Jamais mangé aussi mal de toute ma vie.

— Bizarre. J'avais lu une excellente critique dans *Restaurant*.

— Ne jamais trop se fier à la presse. Alors, à quoi dois-je ton appel ? Je sens une certaine agitation dans ta voix, mais ce sont peut-être mes aides auditives : elles me jouent parfois de mauvais tours. Que fais-tu de beau ? Tu étais un élève intelligent et scrupuleux, deux qualités qui conduisent en général au succès professionnel. En effet, je serais surpris de t'entendre dire que tu laves des tasses à café derrière le comptoir d'un bar.

— Ce n'est pas le cas, monsieur. J'ai obtenu une maîtrise en sciences statistiques à Southampton et je travaille à présent au siège londonien de l'ONS.

— Statistiques ? Bon sang, mon garçon, tu as vendu ton âme au diable.

— Pas encore, monsieur. Mais c'est une hypothèse que je risque de prendre en considération.

— Statistiques. Je n'ai jamais oublié cette phrase de Gregg Easterbrook : "Torturez les chiffres assez longtemps, et ils vous avoueront n'importe quoi."

— Je crains de ne pouvoir vous donner tort. Mais à propos de citations, sachez que j'ai toujours à l'esprit une de vos préférées : "Le doute est un état mental désagréable, mais la certitude est ridicule."

— Aaaah, Voltaire… voilà qui est mieux. Donc ? Pourquoi donnes-tu des nouvelles ? Il m'arrive de recevoir des appels d'anciens élèves, qui me demandent pour la plupart des recommandations. Nous venons d'établir que ce n'est pas ton cas.

— Non, non. En réalité, je voulais vous parler d'une question plutôt absurde. Même si je ne suis plus certain d'en avoir le courage.

— Absurde ?

— Je ne crois pas pouvoir la définir autrement.

— Alors ne t'inquiète pas. Je suis professeur de philosophie, cela fait des dizaines d'années que je lis des absurdités. Je n'en mourrai pas.

— En effet, je cherche justement une approche philosophique à cette question.

— Raison de plus pour en venir au fait.

— Voilà, monsieur Lack... Que penseriez-vous si je vous disais que je ne rencontre pas un seul problème depuis trois mois ? Que ma vie, tout à fait normale, s'est transformée en une série de coups de chance pour le moins incroyables ? Que non seulement j'ai assisté à la diminution inexorable des ennuis qui constellent l'existence de quiconque, mais que les rares contretemps dont je suis encore victime sont toujours suivis d'un énorme bénéfice absolument imprévisible ? À votre avis, qu'est-ce qui m'arrive ? Et comment devrais-je me conduire, d'après vous ? »

Silence à l'autre bout du fil.

« Monsieur ? murmurai-je. Vous êtes encore là ?

— Oui. Bien sûr.

— Avez-vous entendu ce que j'ai dit ?

— Pour entendre, j'ai entendu. Mais je ne crois pas avoir compris. Explique-toi un peu mieux : ton problème... consiste dans le fait que tu traverses une période de chance ?

— Non. Pas exactement. Mon problème consiste dans le fait que je traverse une période de chance *inhabituellement longue et intense*.

— Ah... voilà. Mais qu'est-ce que tu qualifies de *problème* dans une longue et intense période de chance ?

— Je n'ai peut-être pas été assez clair. Je ne vous parle pas d'un laps de temps au cours duquel la plupart des événements fortuits me sont devenus favorables. Je vous parle d'une période incroyablement longue pendant laquelle *la totalité* de ces événements m'est devenue favorable d'une façon presque harcelante, avec des sommets de bienveillance pour le moins surréels. Je sais que cela peut paraître difficile à croire, mais on dirait que la chance s'est agrippée à moi et qu'elle ne semble pas décidée à m'abandonner. Comme s'il y avait, dans la distribution fortuite d'événements favorables, un bug m'avantageant mystérieusement et de manière indécente.

— Hum.

— Je sais que cela paraît fou.

— Un peu. Juste un peu.

— Je m'en rends compte.

— Il se peut que tu accordes une importance excessive à un événement très normal. Nous avons tous des périodes de chance. Ainsi, en 1966, en l'espace d'une semaine j'ai été engagé à Newton, ma femme m'a annoncé qu'elle était enceinte, nous avons trouvé un appartement à deux pas du Soar et l'Angleterre a remporté la Coupe du monde de football. Ce genre de moments arrivent.

— Je le sais, monsieur. Mais cela n'a rien de comparable avec ce que je vis ces temps-ci. Des événements à la limite du miraculeux qui se répètent quotidiennement. Des circonstances tellement surprenantes qu'elles vous coupent le souffle. Une période de trois mois durant laquelle pas un seul jour ne s'est écoulé sans que j'assiste à une succession d'événements m'apportant des avantages inespérés dans tous les domaines. Des bénéfices dont l'entité varie entre l'agréable et l'excessif, selon une tendance progressive et de plus en plus inquiétante au second terme. Aucun être humain ne pourrait trouver cela normal.

— Euh… Cela t'ennuierait-il de me donner quelques exemples de cette prétendue… hum… bienveillance cosmique ?

— Non, bien sûr.

— Dans ce cas, je t'écoute.

— Au cours des douze dernières heures, mon conseiller financier m'a fait gagner plus de quarante mille livres dans une opération boursière dont le seul but était de me faire perdre de l'argent. Ce matin, un agent des forces spéciales a tiré sur moi par mégarde, me blessant superficiellement, incident qui m'a valu des excuses officielles ainsi qu'un dédommagement de soixante-cinq mille livres. Les taxis de Londres se sont coalisés pour me conduire gratuitement. Toutes les femmes que je rencontre finissent par me faire plus ou moins consciemment des avances. On m'a offert une promotion sans raison. Le fisc continue de me rembourser des impôts payés par erreur, erreurs qui échappent totalement à l'entendement de mon comptable. La Porsche Cayman d'occasion que j'ai achetée il y a un mois possède un code moteur important sur le plan numérologique, et depuis quelques jours un type me bombarde d'appels afin que je la lui vende : il m'en offre à présent le double de la somme que j'ai déboursée. À propos de voiture, j'ai perdu la notion du concept d'embouteillage : la circulation est extrêmement fluide dans toutes les rues que j'emprunte. Voulez-vous que je continue ? J'en ai encore pour une demi-heure.

— Non, non, ça suffit. Vraiment, un agent des forces spéciales a tiré sur toi par mégarde ?

— Eh oui. Il m'a touché à l'épaule avec un fusil de précision à deux cents mètres de distance. Une expérience intéressante. Parce qu'elle représente aussi un des aspects les plus terribles de cette mésaventure. Le pire, peut-être.

— Le pire ? C'est-à-dire ?

— Quoi que je fasse, le risque commence à me paraître calculé. Au début, ce n'est pas une sensation désagréable, comme vous pouvez l'imaginer, mais cela pourrait le devenir à long terme. On dirait que cette situation m'empêche d'entrer en contact avec une partie obscure de ma personne, dont l'obscurité est la condition essentielle de sa raison d'être. Je refuse de mener une vie où il m'est interdit d'accéder aux sentiments limbiques de crainte, angoisse, inconnu, vide, lâcheté, jalousie, mépris, rancœur et attirance pour le mauvais côté des choses : des sensations auxquelles tout être humain devrait accéder s'il veut se considérer comme tel. Et je refuse de ne pas être un homme. Je refuse de me réveiller chaque matin avec un sourire idiot à la pensée des magnifiques événements qui se produiront, en ayant la *certitude* qu'ils se produiront. Je refuse la certitude : l'espoir me suffit. »

Le professeur s'octroya une pause de réflexion.

« D'accord, mon garçon, la situation me paraît assez claire. Et maintenant, imaginons que tu ne souffres pas d'une légère forme de paranoïa qui te pousse à exagérer l'entité d'un coup de chance normal... Surtout, supposons que tu ne te moques pas de moi. Si tu n'es pas paranoïaque et que tu ne simules pas, alors ce que je perçois dans ta voix est un authentique désespoir. Ne t'inquiète donc pas, ton humanité n'est pas en danger.

— Peut-être pas maintenant. Mais combien de temps me faudra-t-il avant de m'habituer à cet état de choses ? Les gens s'adaptent aux conditions de vie les plus terribles : comment puis-je espérer, moi, ne pas m'habituer à une vie de ce genre ?

— Ne te sous-évalue pas. Je suis certain que tu as assez d'équilibre pour contrôler le moindre excès. Pense à Sénèque, Épictète, Marc Aurèle : ils invitaient à adopter un juste détachement, dans le bonheur comme dans le malheur.

— Du détachement ? Moi ? Mais je n'arrivais même pas à détourner le regard des seins de ma voisine de pupitre !

— Ne dis pas de bêtises. À seize ans, les priorités ne sont autres que les excédents anatomiques de ses camarades de classe : tu avais des obligations envers tes hormones et tu les as remplies. Ce n'est pas en refusant ses responsabilités qu'on s'affranchit. Avec l'âge, tes devoirs ont simplement changé. Et maintenant que tu es un homme incroyablement chanceux, tu devras en remplir de plus importants.

— Plus importants ? C'est-à-dire ?

— Je ne sais pas. C'est ta vie, pas la mienne. Faire du bien à ton prochain, peut-être. Contrairement au reste de l'humanité, tu as désormais assez de ressources pour prendre soin de tout le monde.

— Tout le monde ? Qui ? Non, non. Je ne veux pas passer mon temps à des œuvres de bienfaisance comme une vieille fille qui a décidé de dilapider le patrimoine familial avant de mourir. Je n'ai pas la vocation pour ces choses-là.

— De temps en temps, vocation et devoir ne correspondent pas, mon garçon. Tu m'as réclamé une approche philosophique de la situation et je t'ai donné une approche humaniste. C'est à toi de décider de ce que tu veux faire de ta vie. Tu peux te borner à en profiter, il n'y aurait pas de mal à ça, ou tu peux choisir quelque chose d'autre. Je ne t'ai rien dit d'extraordinaire, tu serais arrivé tout seul à cette conclusion, je le regrette, mais ta situation n'a pas beaucoup de points communs avec les fondements de la sagesse que j'ai distillés pendant quatre-vingt-cinq ans.

— À savoir ?

— Ne jamais parler de la mort quand on a trente-neuf de

fièvre. Ne jamais discuter de football avec un supérieur. Ne jamais analyser l'état de tes relations sentimentales après un repas de travail avec une collègue sublime.

— Euh... ces réflexions me paraissent... hum... intéressantes.

— Surtout celle qui concerne la fièvre : ne l'oublie jamais. Et tiens-moi au courant.

— Bien sûr. Je vous embrasse. Portez-vous bien, j'insiste. »

Je raccrochai. Un instant plus tard, la porte s'ouvrit et le visage du vendeur se matérialisa dans un entrebâillement de vingt centimètres. Sans son expression débonnaire, cette incarnation de lui-même enchâssée entre le montant et la porte l'aurait transformé en une imitation de Jack Nicholson, aspirant uxoricide parmi les sommets enneigés du Colorado.

« Excusez-moi. Je dois vous dire une chose.

— Je t'écoute.

— Un homme est passé tout à l'heure et a posé une question vous concernant. En réalité, il n'a pas prononcé votre nom. Il a ouvert la porte de la boutique, a jeté un coup d'œil à l'intérieur et a demandé où était passé l'homme qui était entré un peu plus tôt.

— Qu'est-ce que tu as répondu ?

— Que vous étiez sorti par l'arrière. Je ne sais pas pourquoi. C'était une réaction instinctive.

— Et lui ?

— Il m'a salué, il a refermé la porte et il est reparti. J'ignore si j'ai bien fait de lui mentir, mais il avait vraiment une sale tête. Nez de boxeur. Trapu et musclé, une sorte de blouson en toile noire et une casquette avec l'écusson de l'Everton.

— Mieux vaut repousser cette rencontre à plus tard. Y a-t-il vraiment une sortie à l'arrière ?

— Oui, elle donne sur la galerie est. »

Je me pinçai le menton entre pouce et index.

« Je ne sais pas si j'ai intérêt à passer par là. Imaginons que ce type ait perçu une indécision dans ta voix et qu'il ait fait semblant de s'éloigner. Si ça se trouve, il attend, devant, que je me décide à sortir. Et s'il était vraiment allé jeter un coup d'œil à l'arrière ? Je risquerais de tomber sur lui. Un sacré problème. »

Il prit un air pensif.

« J'ai peut-être une idée », dit-il.

Il referma la porte et m'abandonna là un moment. J'en profitai pour réfléchir à ce mystérieux individu. Le Dr Leone m'avait recommandé de taire mes facultés, conseil auquel je n'avais accordé aucune signification particulière, mais qu'il me fallait à présent reconsidérer. La nouvelle de mes pouvoirs était-elle arrivée à un bureau paragouvernemental à la recherche incessante et méticuleuse de failles métaphysiques dans la structure de la réalité ? Bureau qui avait peut-être confié le soin de me récupérer à une société criminelle, à laquelle le type à la mine patibulaire appartenait sans aucun doute. Bienvenue dans le monde réel, me dis-je.

Le vendeur revint. Avec l'air d'un apprenti conjuré qui vient de surmonter une épreuve initiatique de stratégie conspirationniste, il pointa le doigt vers le plafond.

« La pâtisserie de mon cousin se trouve juste au-dessus. Je viens de l'appeler et je lui ai demandé si je pouvais faire sortir quelqu'un par son atelier. Les entrepôts communiquent à travers une trappe.

— Tu es un phénomène. »

Je franchis derrière lui une porte à sa droite. Nous

pénétrâmes dans une petite pièce bourrée de cartons : dans un coin, presque invisible sur le plafond, se trouvait un étroit passage fermé par un panneau de bois clair. Le garçon s'empara d'une échelle et la plaça dessous, puis grimpa jusqu'à mi-hauteur et saisit la cordelette qui pendait. Il tira avec force et la trappe s'ouvrit dans une efflorescence de poussière et d'éclats de peinture, dévoilant un petit ciel noir rectangulaire.

Il descendit alors et me céda sa place.

« Merci pour tout », lui dis-je avant de monter.

Il hocha la tête. Il me regardait comme si je gravissais les échelons menant à l'empyrée des héros d'une tradition guerrière d'Europe du Nord.

« N'oublie pas mon téléphone », ajoutai-je pour ramener nos adieux à des termes émotifs plus adéquats. Mais il était tout à son rôle d'écuyer, de coryphée prêt à raconter en vers à son petit frère de huit ans, par un soir où pleuvaient des feuilles mortes, la fuite épique du courageux paladin devant une mystérieuse menace.

« J'en prendrai le plus grand soin. »

Je montai et m'introduisis dans une pièce sombre, parmi des étagères bourrées d'objets. Du côté opposé, une porte était grande ouverte et une silhouette se détachait à contre-jour.

« Venez. »

Je me hissai au-dessus de la trappe et traversai l'entrepôt encombré de cartons et autre bric-à-brac. Une odeur de biscuits et de chocolat s'intensifiait à chaque pas : sur le seuil de l'atelier, elle se figea en un miasme presque étourdissant. L'homme me tendit la main.

« Kurt O'Reilly, dis-je en la lui serrant.

— Steve Fitzpatrick. Enchanté. »

C'était un homme corpulent à l'air sévère. Il me précéda dans une petite pièce remplie d'engins qui cliquetaient à la lumière des néons.

« Je vous fais sortir par l'entrée principale », précisa-t-il.

Je passai une seconde porte et débouchai derrière le comptoir. Une jeune vendeuse fouillait la caisse enregistreuse : devant elle, de l'autre côté du comptoir, se tenait un homme à la main gauche tendue et à la main droite refermée sur un gâteau à la crème.

Le sucre glace poudrait le bout de son nez de boxeur, sous une casquette de base-ball ornée de l'écusson de l'Everton Football Club.

Il me regarda sans me voir vraiment : il semblait incapable de me replacer dans ses coordonnées spatio-temporelles, comme si j'avais fait une incursion non autorisée dans une zone interdite de sa réalité. Puis il me reconnut.

Sans cesser de me fixer, il glissa la main gauche à l'intérieur de son blouson et fouilla tranquillement sa poche. Soudain je sus que l'objet de ses recherches ne serait autre que la matérialisation de mon avenir proche, de mon destin imminent : de mon karma.

10

« Allons-y », me dit Steve Fitzpatrick.

Il me précéda. Je me serrai contre lui, essayant de me protéger derrière sa masse pachydermique. Il me conduisit dans la galerie, pratiquement déserte à cette heure, et me salua d'une poignée de main. Je songeai que tel était peut-être le dernier fragment d'humanité dont je jouirais avant que mon poursuivant n'élabore une nouvelle stratégie destinée à un probable enlèvement à main armée. Que faire ? Courir ? Ce type semblait aussi en forme que moi, je ne le sèmerais donc pas. Entrer dans un bar ou un restaurant et demander de l'aide au propriétaire ? C'était peut-être la meilleure solution. Je jetai un regard circulaire : il y avait une longue file d'enseignes au fond de la galerie. Je m'acheminai sans hâte dans le but de me rassurer, peut-être, grâce au sentiment de détente infondé qui m'envahissait.

Une seconde après, j'entendis une voix derrière moi :

« Monsieur ! Hé, monsieur ! »

Je me retournai : c'était lui. Je levai les sourcils, surpris par cette tactique de kidnapping qui s'annonçait par des cris au milieu d'un centre commercial.

Il s'élança vers moi de façon un peu maladroite en balançant un sac en plastique dans sa main droite. J'attendis qu'il me rejoignît. N'avais-je pas déclaré à M. Lack que je ne nourrissais aucune crainte pour ma vie ?

« Excusez-moi, dit-il, le souffle un peu court, une fois à ma hauteur. Je ne voudrais pas vous importuner, mais, si je ne m'abuse, vous êtes le mari du célèbre écrivain Elizabeth Burns.

— Brooks », rectifiai-je.

Il me tendit la main.

« Michael Tepper.

— Kurt O'Reilly. Nous nous connaissons ?

— Non, non, se hâta-t-il d'expliquer. Mais je vous ai vu passer il y a une demi-heure alors que j'étais dans la librairie, à l'étage en dessous. Quelle chance ! me suis-je dit. Je vais acheter le livre d'Elizabeth Brooks, le rejoindre et lui demander de me le dédicacer. Ma petite amie est fan.

— De moi ?

— Non, non, de votre femme.

— Dans ce cas, pourquoi devrais-je le dédicacer, moi ?

— Eh bien, c'est mieux que rien. Et puis Stephanie a vu votre photo dans un journal il y a quelque temps et vous a trouvé bel homme. Elle sera peut-être encore plus contente que je lui rapporte un exemplaire dédicacé par vous. »

Il tira le livre du sac, glissa une main dans son blouson et en sortit un stylo. C'était l'objet qu'il cherchait, dans la pâtisserie, pensai-je. Je vous en donnerai, du nœud karmique de mon destin.

« Voilà... écrivez... "À Steph, avec mon affection et mon estime. Kurt O'Rourke".

— O'Reilly. »

Je signai et lui rendis le livre. Il me serra vigoureusement la main, puis se dirigea en sautillant vers les escalators. Je regardai sa tête s'enfoncer vers l'étage inférieur, telle la hune d'un voilier touché par un canon ennemi. Je venais sans doute de lui assurer une nuit de plaisirs charnels. M. Lack n'avait peut-être pas tort : faire du bien à son prochain provoquait une intime satisfaction.

Puis je songeai que Stephanie aurait une pensée pour moi au point culminant de cette nuit glorieuse, et cette image me réjouit doublement.

De nouveau, le téléphone.

« Wendy, dis-je. Je m'apprêtais à t'appeler. Comment ça avance ?

— Kurt, répondit-elle avec un filet de voix.

— Qu'y a-t-il ? Qu'est-il arrivé ? »

Elle renifla en poussant un soupir lamentable.

« Où es-tu ? J'essaie de te joindre depuis des heures.

— Ce n'est pas ma faute. Mon téléphone ne marche plus, et je viens de passer des moments un peu compliqués. Mais qu'est-ce que tu as ? Tu as l'air bouleversée.

— Je ne devrais pas l'être ?

— Pourquoi ? Que s'est-il passé ?

— Deux policiers viennent de partir. Ils veulent que tu te présentes à Scotland Yard avant ce soir. Pourquoi ne me l'as-tu pas dit, Kurt ?

— Qu'est-ce que je ne t'ai pas dit ?

— Que cet homme était mort. »

Je fermai les yeux.

Richard Joyner. Les dernières heures avaient été si frénétiques que j'avais réussi à l'oublier.

« Pardonne-moi, Wendy. Je t'en aurais parlé aujourd'hui même. Je ne voulais pas te chagriner.

— Me chagriner ? Kurt, qu'est-ce que tu racontes ?

— Pourquoi ?

— Un des agents a déclaré qu'ils avaient trouvé un flacon dans la veste de Joyner. Il contenait une substance toxique… Stropane, ou strophante, me semble-t-il. Je n'en suis pas sûre. Quelque chose de ce genre.

— Strophante ?

— Je ne sais pas. Je te l'ai dit, je n'en suis pas sûre.

— Je sais de quoi il est question. Ma mère en possédait un pied dans son jardin botanique. On tire de ses feuilles et de ses racines un stimulant cardiaque qui, absorbé selon des doses massives, peut être… attends… attends un instant : tu dis que ce truc-là a causé la mort de Joyner ?

— Non, non. D'après le policier, il est mort de causes naturelles.

— Et alors ? »

Wendy se mit à sangloter doucement. Je ne l'avais jamais entendue pleurer et j'eus des difficultés à associer ce son à ma secrétaire.

« Wendy ? Mais que se passe-t-il ?

— Kurt… les policiers ont dit que Joyner avait essayé de t'empoisonner. Ils ont trouvé deux verres sur sa table, et l'un était rempli de cette substance. »

Elle se moucha. Je gardai le silence, incrédule.

« Ils ont dit que les métabolites de strophante ne laissent que des traces très infimes dans l'organisme et que seuls des examens approfondis permettent de les détecter. Tu serais mort d'un infarctus, et personne n'aurait rien soupçonné.

— Oh, Seigneur ! Mais pourquoi prétendent-ils que ce verre m'était destiné ?

— Ils ont trouvé dans la voiture de Joyner des articles découpés dans un hebdomadaire. Parmi eux, il y avait une interview dans laquelle tu disais que tu adorais les whiskys réputés.

— Et alors ?

— Le verre contenait du Rock Oyster. Ton préféré.

— Cela ne veut rien dire. C'était peut-être aussi *son* préféré. »

Wendy se moucha une nouvelle fois.

« Non... non. Joyner ne buvait pas d'alcool. D'après la police, il y avait du jus de pamplemousse dans l'autre verre.

— Oh, Seigneur !

— Kurt, pourquoi t'en voulait-il ?

— Comment veux-tu que je le sache ? C'était la première fois que je le voyais.

— C'est ce que j'ai dit aux policiers. Ils ont parlé à la femme de Joyner et ils n'ont rien trouvé d'anormal, si l'on excepte la longue période de crise qu'il traversait. »

Il me fallut un instant pour enregistrer ces mots.

« Quoi ? Une longue période de crise ?

— Oui. Depuis plusieurs mois, Joyner était victime d'une malchance incroyable. Il avait perdu son travail, sa femme était partie en emmenant son fils cadet, et sa fille avait découvert qu'elle était atteinte d'une grave maladie. Les dernières semaines, il avait subi trois vols, ainsi qu'une agression dans le métro. Il était très déprimé. Les policiers ont dit qu'il fréquentait le cabinet d'un occultiste, spécialiste dans la lecture du marc de café. Selon eux, Joyner a peut-être associé ton nom à une de ces sales histoires et tenté de se venger. Crois-tu que ce soit possible, Kurt ? »

Je m'abstins de répondre. J'étais pris de vertige, un genre d'ivresse d'excursionniste au bord d'un ravin. Je lançai un regard circulaire. La galerie du centre commercial semblait transfigurée par la raréfaction de l'oxygène en haute altitude, une image d'une limpidité hyper réelle, débordant de mon champ de vision.

« Kurt ? Kurt ? Tu es encore là ? Seigneur, réponds-moi.
— Je suis là, murmurai-je.
— Dis quelque chose, je t'en prie. Je suis horrifiée.
— Que veux-tu que je te dise ?
— Je te donne le numéro de Scotland Yard.
— Laisse-moi d'abord trouver un endroit où m'asseoir. Je te rappelle plus tard. »

J'avisai un banc en bois, non loin de là, à côté de l'entrée d'une pizzeria. Je m'approchai et m'assis, la tête entre les mains.

Lucia avait donc raison.

Un individu avait vécu à Londres une brève période marquée par un destin spéculaire par rapport au mien : hélas pour lui, son histoire s'était achevée dans le terme définitif que connaissent tous les obstacles terrestres. Était-ce prévu ? Était-ce ce que voulait dire Lucia en prétendant que nos tourments respectifs s'achèveraient du point de vue karmique par notre rencontre ? Ma vie dépendait-elle de la mort de cet homme ? Mais si notre rencontre était censée mettre fin à la série de coups de chance que j'accumulais, pourquoi la bonne fortune ne m'avait-elle pas encore abandonné ? Surtout, comment Joyner avait-il compris ce que j'avais compris ? Dans quelles incroyables circonstances avait-il réussi à me retrouver dans une métropole de neuf millions d'habitants ? L'homme qui l'avait conduit à moi, pensai-je, était peut-être le mystérieux caféomancien dont avait parlé Wendy.

Je me redressai sur le banc.

Les pièces du puzzle commençaient à s'emboîter.

Il y avait à Londres plus de trois mille devins, spirites, sorcières, voyants, aruspices, médiums, cartomanciens, prêtres vaudous et autres sous-catégories encore plus improbables : combien de temps fallait-il à un individu affecté d'un inquiétant syndrome de scoumoune persistante pour dénicher un spécialiste prêt à l'aider ? À l'ère de Google, moins de cinq minutes.

Je me levai et errai dans la galerie, les bras croisés sur la poitrine. Je m'arrêtai devant deux ou trois vitrines pour observer des montres de marque ou de la layette en tentant de soustraire à la matérialité de ces objets une argumentation capable de circonscrire à l'intérieur de frontières moins sidérales l'énormité que je venais d'appréhender. Plus que les questions métaphysiques, les incohérences stratégiques me laissaient songeur. Par exemple, en admettant que Joyner eût réussi à mener son projet à terme, comment espérait-il échapper à une accusation de meurtre ? N'avait-il rien pu inventer de mieux qu'un cocktail mortel offert à sa victime dans un des bars les plus fréquentés de Londres, parmi des centaines de témoins potentiels et le poids d'indices phytochimiques mortels dans un verre ? N'aurait-il pas été plus simple de voler une voiture et de m'écraser à la sortie du bureau ? De me pousser sous une rame de métro ? De me poignarder pendant que je courais dans le parc ? De faire exploser ma voiture ou ma maison ? Son plan était peut-être dicté par l'épuisement, par une conjuration improvisée dans une triste errance en peignoir de bain entre chambre et salon ? Et s'il avait eu besoin de me parler avant de me tuer ? De me siffler au nez une vieille formule divinatoire pour mettre fin à la malédiction qui l'avait frappé ? Le fait qu'il eût choisi un bar à la mode pour accomplir une opération aussi problématique continuait de me paraître illogique. Un tête-à-tête n'aurait-il pas été plus opportun ? Je finis par attribuer ces erreurs aux âneries pseudo-spirituelles que lui avait inculquées son occultiste. Plus qu'un inspirateur, un complice.

Et si la définition la plus appropriée avait été *commanditaire* ?

Je regardai mon image reflétée dans une vitrine de pacotilles orientales. Il fallait que je le trouve, me dis-je.

Il fallait que je le démasque. Il fallait que je découvre l'endroit où il vivait et que je l'oblige à avouer. Je sentis monter en moi une rancune froide, paisible, méthodique, que justifiaient les lois inflexibles de la survie. Un inconnu avait planifié ma mort en se fondant sur ses marcs de café ou sur la numérologie orientale : il était de mon devoir biologique de manifester à son égard la même volonté d'anéantissement. Le Dr Leone aurait approuvé : c'était un impératif psychique, davantage que moral. Je voulais répondre à son mépris de ma vie par une haine décuplée.

Je voulais sa mort.

Je voulais que son nom soit baptisé par un mormon avant les douze prochaines heures. Mais qui était-il ? Où habitait-il ? Comment le débusquer ?

Une seule possibilité s'offrait à moi : m'introduire chez Joyner à la recherche d'un indice. Je n'avais pas le choix.

La simple idée de pénétrer dans la villa de cet individu me ranima. Jamais je n'avais conçu d'entreprise aussi ambitieuse : je n'étais pas un homme d'action, et mes quatre séances hebdomadaires à la salle de sport ne m'autorisaient pas à me croire apte à escalader des murs, supprimer des chiens de garde, grimper aux gouttières, enfoncer des portes ou fouiller des pièces ; pourtant, je me sentais inexplicablement confiant en mes possibilités. Je me dirigeai d'un pas rapide vers l'ascenseur. Devant les portes de métal luisant, je raidis mon dos et serrai les poings de façon répétée, adoptant l'air insouciant des assassins professionnels.

J'arrive, fumier, dis-je à mon image.

Une heure après, j'étais devant la villa de Joyner.

M'y rendre n'avait pas été simple. J'avais trouvé l'adresse en ligne, mais sur cette avenue les numéros avaient été martelés par un vandale : après avoir vagabondé dans les parages, je fus obligé de m'adresser à une fleuriste, compromettant le secret de mon entreprise et la privant de la patine de folie et d'héroïsme solitaire dont je comptais la parer.

La villa était située au milieu d'une allée perpendiculaire à Victoria Rise, à moins d'un kilomètre du Yellow Airship. Je me postai derrière un arbre, épiant le grand mur d'enceinte d'où dépassait un toit en pente recouvert de tuiles noires et des balcons tapissés de lierre. Il était six heures moins le quart du soir, moment qui ne se prêtait guère à un blitz. J'examinai les deux côtés de l'allée. Pas de passants, pas de voitures en transit. Si j'avais bien compris, femme et enfants avaient abandonné Joyner, et la bâtisse était déserte, mais je préférais m'en assurer.

Je m'approchai du portail et sonnai à l'interphone.

J'attendis deux minutes.

Pas de réponse.

Je sonnai une deuxième fois, puis une troisième.

Rien.

Je posai les mains sur la grille en me demandant s'il convenait de l'escalader. Elle était séparée de l'entrée par un léger talus recouvert d'une pelouse épaisse et douce, que sillonnait un sentier de pavés rouges. Une raie au milieu de cent mètres de green totalement à découvert : les occupants des maisons voisines n'auraient eu aucun mal à me remarquer par leurs fenêtres.

Je contournai le bâtiment en quête de discrétion. Je suivis le mur dans le sens des aiguilles d'une montre, puis me coulai dans une ruelle du côté opposé de l'endroit d'où j'étais arrivé.

L'enceinte mesurait au moins trois mètres de haut et n'offrait aucun appui, mais j'étais bien obligé de l'escalader. Je m'interrogeai sur les compétences que j'avais développées à la salle de sport au cours des derniers mois, sautai trois ou quatre fois pour échauffer mes muscles inférieurs, puis effectuai des rotations avec mes bras pour préparer les autres. Mon épaule craqua légèrement – phénomène que Wayne attribuait à d'inoffensives bulles d'azote dans le liquide lubrifiant des articulations. Callisthénie ? Functional training ? La plaie était encore douloureuse, mais elle ne me créerait pas d'obstacle. J'étirai pectoraux et quadriceps, puis tournai la tête en hémicycles réguliers pour éviter de compromettre la stabilité de mes vertèbres cervicales. Bootcamp ? Cross training ? Je m'embrouillais peut-être un peu.

J'effectuai trois ou quatre squats et terminai par un léger stretching des mollets et des adducteurs. Je m'approchai du mur et sautillai sur place.

Soixante centimètres séparaient le bout de mes doigts du haut du mur. Je rebroussai chemin, découragé. Je pouvais prendre de l'élan et poser un pied contre le mur pour m'y hisser, comme les adeptes de cette discipline spectaculaire, responsable d'une hausse statistique sans précédent de fractures et d'ecchymoses parmi les jeunes citadins. Comment s'appelait-elle ? Parkour, ou quelque chose de ce genre.

Le problème, c'était que je n'y connaissais rien en gymnastique. Ma vigueur athlétique rentrait dans la moyenne de celle des trentenaires occidentaux ramollis par le bien-être et le manque d'émulation : selon toute probabilité, je me blesserais, peut-être même sérieusement, dans ma tentative d'escalade.

Je décidai de poursuivre ma route. À mi-parcours, je tombai sur une petite porte en acier et verre dépoli pratiquée dans le mur. Alors que je m'approchais pour y jeter un coup d'œil, j'entendis le déclic de l'ouverture électrique. Je m'immobilisai, le cœur battant, puis pivotai et m'éloignai d'un pas rapide. Arrivé au coin de la rue, je me retournai, intrigué par le mystérieux occupant de la maison théoriquement inhabitée.

Je restai là une vingtaine de secondes. Personne ne sortit.

Deux minutes plus tard, je décidai de rebrousser chemin. Dans le pire des cas, je ferais mine de parcourir la rue avec désinvolture en simulant de l'intérêt pour les propriétés immobilières environnantes. Je dépassai la porte et marchai jusqu'au bout de la rue, fermée par un grand portail en fer derrière lequel s'étendait une pelouse toute pelée. Je pivotai encore une fois.

Rien.

Je revins sur mes pas, bien décidé à prendre des risques : j'ouvrirais la porte et me glisserais dans le jardin. Si l'on me surprenait, je prétendrais avoir sonné plusieurs fois et être intéressé par l'achat de la maison. Je passerais peut-être pour un vautour – Joyner avait trépassé vingt-quatre heures plus tôt –, mais j'éviterais ainsi des accusations plus graves. Je m'approchai de la porte et m'immobilisai, à l'affût. Le silence régnait, si l'on exceptait un léger vrombissement, qui parut s'intensifier quand je m'avançai d'un pas. On aurait dit que le mécanisme électrique de la porte réagissait à ma présence. De fait, la vibration diminua lorsque je reculai de deux pas. Je me grattai la tête, perplexe. Je n'avais qu'à pousser la porte et à m'introduire dans le jardin, rien de plus. Mais j'avais des doutes.

Un seul instrument était capable d'établir un contact spirituel avec une serrure électrique.

Je glissai la main à l'intérieur de ma veste et éteignis mon portable. Le ronflement hoqueta, puis s'interrompit.

Je poussai la porte de quelques centimètres : une portion de pelouse se faufila par la fente.

Je refermai délicatement jusqu'à ce que j'entende un déclic et m'assurai que c'était bien fermé.

Après quoi je saisis mon portable et l'allumai.

La serrure s'ouvrit aussitôt.

Incroyable ! La fréquence électromagnétique du vieux téléphone et le circuit électrique de la porte interféraient : cette idylle vibrationnelle entre deux engins aussi différents prouvait que la chance ne me lâchait pas.

Je me demandai une nouvelle fois comment interpréter tout cela à la lumière de la mort de Rick Joyner. Notre rencontre avait brusquement résolu ses problèmes, sans influer hélas sur les miens. J'interrogerais son occultiste avant de lui infliger, dans l'ordre, des tortures horribles et une mort atroce.

Je poussai la porte et entrai. La pelouse s'étendait comme un large bâillon à l'arrière de la villa. Je fis quelques pas à la recherche de l'entrée à l'arrière, certain de la dénicher rapidement. Je me dirigeai vers la gauche et tombai bientôt sur une porte vitrée sous une petite véranda à laquelle on accédait par quelques marches de pierre.

Je continuai.

Plus loin, trois niches en bois étaient adossées à la maison comme des chaloupes.

Je m'arrêtai, le souffle coupé. Elles étaient assez vastes pour héberger des tigres du Bengale. Je tournai lentement la tête vers la porte métallique en calculant mes chances d'échapper à l'attaque de chiens – ou de tigres – pour le cas où je m'élancerais.

C'est alors que retentit un cri indescriptible. Je me tournai de nouveau vers les niches en battant des paupières.

Et je vis ce que je vis.

Une demi-douzaine de créatures, sortes de croisement entre d'énormes rats et de petits kangourous, en étaient sorties. M'observant avec attention, elles reniflaient l'air comme pour déterminer, à l'odeur que je dégageais, le degré de comestibilité de ma chair. Je demeurai immobile, ensorcelé par ces bêtes inconcevables, attendant, les yeux écarquillés, qu'elles aient achevé leur inspection olfactive. Elles échappaient à toute espèce animale connue : avec leurs pattes arrière hyper développées et leur nez faussement rassurant de rongeur, elles étaient apparemment le fruit d'un croisement génétique malsain. À l'instant où deux spécimens se dirigèrent vers moi, je constatai avec horreur qu'ils partageaient aussi avec les rats et les kangourous la rapidité.

« Seigneur ! m'exclamai-je. Par tous les saints ! »

Je pivotai, bien décidé à regagner la sortie, or mes muscles s'étaient liquéfiés, et je trébuchai sur mes propres pieds. Je me relevai en criant et m'élançai comme un fou. Je remarquai, horrifié, qu'une des créatures s'était portée à ma gauche, me barrant l'accès à la porte. Une remarquable intelligence tactique. Je l'aurais davantage appréciée si je n'avais pas été obligé de courir. En un instant j'atteignis l'entrée principale et me hissai sur la galerie de bois : combien de chances y avait-il pour que la porte fût ouverte ?

Je fus soudain saisi d'une faiblesse spirituelle, en proie à un dilemme digne du schisme protestant : je continuais d'espérer en la fin rapide du looping surréaliste auquel ma bonne fortune m'avait habitué, tout en souhaitant qu'un reste de chance offrît aux circonstances dramatiques de ma vie – en l'occurrence, être poursuivi par une horde de rats mutants et anthropophages – une seule et même issue.

Je baissai la poignée et poussai de toutes mes forces.

La porte ne bougea pas.

« Non… non ! » m'exclamai-je.

Je tournai la tête : les créatures avaient déjà atteint le patio.

« Oh putain ! »

Je secouai la poignée comme un possédé, sans succès. Je pivotai et appuyai alors le dos contre la porte, tout tremblant, mais prêt à me défendre. Le temps que je remarque la horde poilue qui sautillait jusqu'à la véranda, la porte s'ouvrit brusquement, me projetant au sol.

La première chose que je vis en tombant fut une mince silhouette près du montant. Puis un lustre en cristal, au plafond, fantôme d'os et de diamants qui clignotait dans la pénombre.

Je levai la tête dans un gémissement.

Je regardai la silhouette sur le seuil : elle avait le corps d'un épouvantail, un visage anguleux, la peau tendue et ce genre d'yeux qu'on associe à un syndrome de fièvre élevée et prolongée. C'était une femme. De la main droite, encore sur la poignée, elle avait refermé la porte à un instant indéfini que je bénis en silence.

« Qui êtes-vous ? interrogea-t-elle. Comment êtes-vous entré ? »

Je la contemplai, les yeux écarquillés.

« Qu'est-ce… qu'est-ce… qu'est-ce que c'est là, dehors ? » demandai-je.

Elle écarta le rideau de la porte et lança un regard à la véranda. Puis elle posa de nouveau les yeux sur moi.

« Comment êtes-vous entré ? répéta-t-elle.

— C'est vous qui m'avez ouvert. » Je remarquai soudain qu'elle avait un tisonnier à la main gauche, fait que j'enregistrai sans inquiétude excessive. Comparée à l'éventualité d'être dévoré vivant par une meute de rongeurs, la perspective d'être battu à mort était presque rassurante.

« Entré dans le jardin, je veux dire, expliqua la femme.

— J'ai sonné tout à l'heure.

— C'est une réponse ?

— La porte à l'arrière. Elle était ouverte.

— Que voulez-vous ? Il n'y a rien à voler ici.

— Je ne suis pas un voleur. Cela vous ennuie si je me lève ?

— Ne bougez pas. Restez où vous êtes. »

Je constatai qu'elle haletait un peu, comme si se tenir debout lui coûtait de terribles efforts.

Je compris soudain qui elle était.

« Vous vous sentez bien ? » dis-je malgré moi.

Elle ignora ma question. Ôtant la main de la poignée, elle m'indiqua un coin du salon.

« Levez-vous. Asseyez-vous dans ce fauteuil, et pas de mouvements brusques. »

J'obéis. Elle chercha quelque chose à tâtons sur le mur, sans me perdre de vue. La lumière s'alluma, éclairant un vaste salon rempli de meubles poussiéreux. On voyait sur la tapisserie l'ombre de vieux tableaux et, aux quatre coins de la pièce, des piles de papiers.

« Vous êtes la fille de Richard Joyner, n'est-ce pas ? »

S'abstenant de répondre, elle gagna une des chaises qui entouraient la table et s'assit, son tisonnier dans son giron. Elle portait une robe de chambre en coton rose qui semblait deux fois trop grande pour elle. Ses bras nus évoquaient des brindilles sèches. Ses cheveux, des chaumes brûlés par le soleil.

Quelque chose bougea sur le plancher de la véranda.

Elle tourna lentement la tête vers la porte. « Pauvres bêtes. Personne ne les nourrit depuis deux jours. Pourquoi n'allez-vous pas vérifier qu'elles aient de quoi manger ? Il doit y avoir des sacs d'aliments sur la véranda.

— Non. Il n'en est pas question.

— De quoi avez-vous peur ? Les quokkas sont les animaux les plus dociles du monde.

— À vrai dire, ils viennent de me poursuivre.

— Ils ont dû vous prendre pour le jardinier, qui s'occupe d'eux. Sortez et allez voir. Je ne crois pas que j'arriverai à me relever. »

Je rassemblai mon courage.

Avant d'ouvrir la porte, j'écartai le rideau et jetai un coup d'œil à l'extérieur. Alignés sur la véranda, ces êtres bizarres s'adonnaient aux rites de socialisation typiques des tribus animales. Ayant remarqué le mouvement du rideau, l'un d'eux, le plus grand, me fixait. Il leva le nez comme pour m'indiquer qu'il m'avait reconnu : j'étais l'idiot qui avait pris ses frères et lui pour une meute de loups. J'ouvris et m'immobilisai sur le seuil, pas encore convaincu de l'inoffensivité de ces petits assaillants. Je cherchai du regard les aliments, mais n'en vis pas la moindre trace. Le quokka s'approcha pour renifler mes mocassins. Il leva une nouvelle fois la tête, déçu de ne pas avoir perçu d'indices de nourriture dans mon odeur.

« Ce n’est pas encore l’heure de dîner, jeune homme », lui dis-je.

Je fermai la porte et retournai m’asseoir.

« Il n’y a rien dehors », annonçai-je.

Elle haussa les épaules.

« Alors, qui êtes-vous ? reprit-elle. Qu’êtes-vous venu faire ici ? »

Je ne savais pas quoi répondre. Mon plan d’intrusion ne prévoyait pas de bavardage avec la fille gravement malade de mon aspirant meurtrier. J’avais besoin d’élaborer à toute allure une autre stratégie.

« Hier après-midi le propriétaire de cette maison est mort dans mes bras, dans un bar tout près d’ici, déclarai-je. La police pense qu’il a essayé de me tuer avant de mourir. »

Je m’interrompis, dans l’attente d’une réaction, mais la femme ne broncha pas.

« On a trouvé une dose mortelle de poison dans le whisky qu’il s’apprêtait à m’offrir, continuai-je. J’ignore pourquoi il m’en voulait. C’était la première fois que je le voyais. »

Elle m’observait toujours, sans piper.

« Votre père m’a peut-être attribué par erreur la responsabilité de la malchance qui le poursuivait ces derniers mois », ajoutai-je.

Enfin, elle leva un sourcil.

« De la malchance ? Quelle malchance ? »

Je me penchai légèrement vers elle.

« Il venait d’être licencié, n’est-ce pas ? Et sa société lui a réclamé une grosse somme en dédommagement. Il a ensuite été malmené, volé, plaqué par sa femme. Il a peut-être cru que j’étais impliqué dans un de ces événements. Je ne sais pas. Qui peut le savoir ? C’est l’hypothèse de la police, pas la mienne. »

À présent, elle me scrutait attentivement.

« Attendez un instant, dit-elle. Je commence à comprendre.

— Quoi ?

— J'ai compris qui vous êtes. Le mari de la femme écrivain. Mon père m'a montré votre photo dans un vieux journal.

— Vraiment ?

— La situation n'est pas celle que vous croyez. Vraiment pas.

— Qu'est-ce que ça veut dire ? »

Elle saisit le tisonnier des deux mains et le posa sur la table.

« Mon père n'était pas ce qu'on appelle un homme bien. C'était un affairiste, un intrigant. L'entreprise a toléré ses magouilles pendant des années, mais quand la coupe a été pleine, elle l'a renvoyé. Que pouvait-elle faire d'autre ? Il a alors dit à deux anciens associés qu'il était en possession de documents explosifs et a réclamé un tas d'argent en échange, leur laissant deux possibilités : payer, ou s'abaisser à son niveau. À en juger par ce qui est arrivé, je pense qu'ils ont choisi la seconde. Ils ont recruté quelqu'un pour nous cambrioler, puis ont fait tabasser papa pour l'obliger à rendre les papiers. En considérant cette situation, le départ de ma mère me semble le minimum. Mon père sniffait de la cocaïne, fréquentait les prostituées, empruntait de l'argent à ses enfants, payait des occultistes pour qu'ils lui garantissent le soutien du royaume des morts. Son cœur a fini par céder. Il a eu ce qu'il méritait. Je vous en donnerai, de la malchance.

— Et moi ? Qu'est-ce que je viens faire là-dedans ?

— Vous ? Rien du tout. » Elle posa les coudes sur la table. « Le pire problème de papa, c'est qu'il ne s'est jamais cru responsable de quoi que ce soit. Il continuait d'attribuer la faute de ses méfaits à la société, aux mécanismes pervers du système. Il y a quelques semaines, il a eu entre les mains le livre de votre femme sur la prostituée de luxe qui a fait chanter tout Londres ou presque. Il l'a dévoré en deux jours et a affirmé qu'il devait raconter son histoire à Elizabeth Brooks. Il a téléphoné à la maison d'édition pour obtenir son numéro, qu'on a refusé de lui donner, naturellement. Puis il a vu par hasard une photo de vous deux dans un vieux journal et s'est souvenu qu'il avait rencontré un de vos collègues, ou votre supérieur, à une soirée où il s'était introduit avec une de ses petites amies.

— Mon supérieur, confirmai-je.

— Il l'a appelé pour lui demander un rendez-vous : il voulait arriver par votre intermédiaire à votre femme en espérant qu'elle consacrerait toute son énergie à réhabiliter littérairement la victime qu'il croyait être.

— Dans ce cas, pourquoi a-t-il tenté de m'éliminer ?

— Vous éliminer ? Mais non ! Si ces crétins de Scotland Yard m'avaient appelée, au lieu de téléphoner à ma mère, je leur aurais tout expliqué. Mon père était cardiaque : il avait sur lui du strophante que lui avait prescrit un ami herboriste. Il n'en a probablement jamais avalé une seule goutte, mais il l'emportait toujours par précaution. Superstitieux comme il était, il a dû finir par le considérer comme une amulette. À mon avis, il a eu un malaise en vous attendant et il a essayé d'en prendre une dose. »

Je la scrutai, perplexe.

« Mais, selon la police, la quantité trouvée dans son verre était mortelle. Et surtout, le whisky m'était destiné.

— C'est vrai. Sauf que, connaissant mon père, je suis certaine qu'il n'a jamais pris la peine de lire la posologie de ce truc. Quant au fait qu'il l'ait versé dans le mauvais verre… eh bien… imaginez que vous ayez une crise cardiaque. Si vous étiez certain de pouvoir l'enrayer par un médicament, vous ne feriez pas attention au liquide vous permettant de l'absorber, non ? Vous prendriez le verre le plus proche et vous y verseriez vos gouttes.

— S'il en est ainsi, pourquoi ne l'a-t-il pas bu ?

— Difficile à dire. Il a peut-être pensé que la dose était trop forte, il s'est peut-être souvenu des recommandations de son ami herboriste. Je l'ignore. Je ne sais quelle est la bonne explication et je ne le saurai probablement jamais. Mais mes hypothèses sont beaucoup plus raisonnables qu'une tentative de meurtre. Pourquoi aurait-il dû vous tuer ? Pour mon père, vous étiez le seul moyen, quoique indirect, d'obtenir une rédemption sociale. Vous avez une autre hypothèse ? Vous avez bien dû vous faire une idée. »

J'adoptai l'air le plus innocent dont j'étais capable.

« Non, mentis-je. Aucune. »

Elle haussa les épaules, puis se pencha vers la table et posa le front sur le bois sombre. Un couple de mouches se bagarrait en vol au milieu de la pièce, se produisant en des évolutions spectaculaires pour mon plaisir d'unique témoin.

« Qu'est-ce que vous avez ? » lui demandai-je.

Elle souleva la tête de quelques centimètres et regarda la surface poussiéreuse de la table.

« Je sais que vous êtes malade, précisai-je.

— J'ai un problème au foie. Mais personne ne sait exactement ce que c'est. Au cours des six dernières semaines, j'ai perdu dix-sept kilos. J'en perdrai probablement autant dans les six prochaines et je mourrai.

— Comment le savez-vous ?

— Je n'ai pas dit que je le savais. Mais c'est une éventualité qu'il faut prendre en compte.

— Qu'est-ce que cela suscite en vous ?

— Dans les pires moments, je me sens plus désespérée que l'être humain le plus désespéré de l'histoire.

— Et dans les meilleurs ?

— Je ne sais pas. Je me concentre énormément sur les détails, peut-être.

— Quel genre de détails ?

— Pourquoi me posez-vous toutes ces questions ?

— Excusez-moi. Je ne voulais pas être indiscret.

— Vous n'avez pas besoin de vous excuser. En ce moment, l'indiscrétion des autres n'est pas mon problème le plus grave.

— J'aimerais faire quelque chose pour vous.

— Quoi ?

— Je ne sais pas. Vous aider.

— Et comment ?

— Je n'en ai pas la moindre idée. Avez-vous besoin d'argent ?

— Je vous donne cette impression ?

— Peut-être un peu.

— Gardez votre générosité. Je ne veux ni argent ni compassion. La pitié n'allongera pas d'une minute le temps qu'il me reste à vivre. Vous ne pouvez faire qu'une seule chose pour moi : vous en aller et bien fermer le portail derrière vous. Je ne veux pas qu'un autre crétin débarque dans mon salon pour me demander des comptes sur les magouilles de mon père.

— Je suis désolé. Je ne voulais pas vous blesser.

— Vous ne m'avez pas blessée. Mais je vais vous dire une chose. Si vous avez tellement envie de vous rendre utile, passez du temps auprès de votre famille, de vos amis, de vos collaborateurs. Si chacun d'entre nous accordait un peu de soin et d'attention aux membres de son entourage, le monde serait un endroit parfait. Et je vous assure que je sais de quoi je parle.

— D'accord. Je le ferai.

— Et maintenant, allez-vous-en. J'ai besoin de m'allonger.

— Comme vous voudrez.

— Ne faites pas de mal aux quokkas en sortant.

— Non, non, bien sûr. Si vous êtes d'accord, je pourrais revenir vous voir la semaine prochaine.

— Si je suis d'accord? Certainement pas. Je regrette de vous décevoir si vous croyiez être un brillant causeur, mais ce n'est pas le cas. Et maintenant débarrassez le plancher.

— J'obéis. »

Elle posa les mains sur la table et se prépara laborieusement à se lever. Je me dirigeai vers la porte puis déviai soudain vers elle. Je la rejoignis en un instant.

Je m'inclinai et l'attrapai par les bras.

« Mais… qu'est-ce que… », eut-elle tout juste le temps de s'exclamer.

Je sentis sous mes doigts l'affaissement irréversible des tissus mourants, la précarité de structures uniquement soutenues par un reste d'envie de vivre. Elle avait raison : je ne pouvais rien pour elle.

Cette certitude me donna l'élan définitif pour faire ce que je fis.

J'approchai mon visage du sien et l'embrassai sur la bouche.

Je reculai. Ses yeux trahissaient une stupéfaction totale.

« Qu'est-ce… qu'est-ce que vous faites ? dit-elle.

— Rien. J'ai juste mis à jour le nombre de bouches que j'ai embrassées. Il était figé depuis longtemps. »

Je lâchai ses bras. D'un geste rapide, j'éloignai le tisonnier : il n'y avait aucune raison de favoriser chez elle des manifestations de colère sanglante. Je gagnai la porte sans hâte et me retournai une dernière fois. Elle clignait encore des yeux.

« Avec la vôtre, cela fait quatre-vingt-une, dis-je. Comme l'année où la France a aboli la peine de mort. »

Je souris.

« Qui sait ? Cela vous portera peut-être chance. »

11

J'errai deux heures dans les rues du quartier, jusqu'à ce que je m'aperçoive que j'étais trop fatigué et trop affamé pour poursuivre ma marche. Avisant un taxi, je levai la main dans sa direction et montai.

Une fois à bord, en proie à la résignation avec laquelle j'avais appris que Richard Joyner n'était pas mon antagoniste spirituel, je me préparai à recevoir du chauffeur la énième remise au nom d'anniversaires historiques, d'événements uniques, de coïncidences astrales ou d'autodafés improvisés par omissions technico-professionnelles de diverses natures. Or l'homme se contenta de s'assurer qu'il avait bien compris ma destination, puis se dirigea vers Percival Road.

Pendant la plus grande partie du trajet, j'éprouvai un étrange sentiment de frustration. J'étais heureux que personne n'eût tenté de m'empoisonner, mais tout aussi déçu par l'absence de solution à mes angoisses métaphysiques, de surcroît balayée par les propos d'une femme dont l'histoire m'avait profondément touché.

J'étais triste pour elle. Et pour les êtres aimés dont je n'avais jamais tenté de soulager la souffrance, au nom de vieilles rancœurs ou d'excuses infantiles. Je me promis de téléphoner à ma mère, une fois à la maison, et de lui dire que je passerais le dimanche avec mon père et elle. Je n'étais pas retourné à Leicester depuis des semaines, et je ne renverrais pas ma venue à plus tard. Le lendemain, je parlerais à Wendy et la prierais d'excuser mon absurde proposition de la veille au soir en la priant de l'attribuer à une faiblesse momentanée. Je soulignerais que je la considérais comme une femme attirante, une précieuse collaboratrice et une bonne amie, et que cela ne devait pas déboucher sur des complications émotives. Le même jour, j'exercerais de discrètes pressions sur Taylor Quinn, responsable du personnel, afin qu'il lui accordât une augmentation.

Pendant le week-end, je rappellerais les gens auxquels j'avais téléphoné dans la matinée et leur consacrerais une attention moins assujettie à mes exigences extravagantes. Au cours des jours suivants, je renforcerais par de petites gentillesses et des démonstrations d'intérêt les liens qui me rattachaient aux quelques amitiés sincères de mon existence de riche et jeune Londonien, désormais résigné à des pics de chance statistiquement anormaux.

Il n'y avait rien d'autre à faire.

Telle était la vie qui m'attendait. L'alternative consistait à croire que dans les rues de Londres errait mon ombre, l'homme au destin malheureux auquel je devais la bienveillance du mien. Comment pouvais-je espérer le débusquer ? Les tentatives de cette journée m'avaient déjà épuisé. Soit je trouvais une manière de systématiser mes recherches – je n'avais pas la moindre idée de la façon d'opérer –, soit je devais m'adapter à une vie simplifiée par des coups de chance en série. Pour l'heure, éreinté et affamé, le souvenir encore tiède d'une balle sur l'épaule, je ne voyais s'ouvrir devant moi qu'un seul chemin : le renoncement.

Je tirai mon portable de ma poche et appelai ma femme. Les sonneries se multiplièrent en vain. Je lui écrivis un long message à la fois pornographique et affectueux, opération considérablement ralentie par mon manque de familiarité avec le système d'écriture de ce vieil appareil. Égaré dans son interface compliquée, je ne m'aperçus même pas que le taxi s'était engagé dans Percival Road.

La voiture s'immobilisa brusquement.

« Devinez quoi ? me lança le chauffeur.

— Je sais, répondis-je sans détourner le visage du téléphone. Un petit-fils vous est né aujourd'hui et vous offrez des courses à tout le monde. »

Il pivota vers moi à cent quatre-vingts degrés.

Je levai la tête et rencontrai son regard impassible.

« Non, dit-il. J'ai déjà sept petits-enfants et cela me paraît suffisant. Je m'apprête à vous offrir une promenade. »

Du pouce, il indiqua derrière lui une longue file de voitures bloquant la rue.

« Ça risque d'être long. Nous avons tous deux intérêt à ce que je file en marche arrière : vous économiserez deux ou trois livres et je ne dînerai pas en retard. »

Je contemplai le bouchon.

« D'accord », répondis-je.

Je payai et sortis. Je me dirigeai d'un pas rapide vers mon immeuble en jetant un coup d'œil à la queue : des dizaines d'autos étaient bloquées sur au moins deux cents mètres. Percival Road étant plutôt étroite, les embouteillages y étaient fréquents – il suffisait de se garer en effectuant une manœuvre un peu trop élaborée pour provoquer une queue impatiente de six ou sept voitures –, mais dans la plupart des cas c'était l'histoire d'une ou deux minutes. Il y avait peut-être eu un carambolage.

Après un petit tournant, je remarquai que la file débutait plus ou moins à la hauteur de mon immeuble, aux trois quarts de l'avenue.

Le premier véhicule n'était autre qu'une ambulance aux gyrophares allumés.

« Mais… qu'est-ce que… », dis-je.

Je hâtai le pas tandis que l'ambulance démarrait. Quand la sirène retentit, je courais déjà.

J'arrivai chez moi quelques secondes plus tard. Je pris mes clefs dans la poche de mon pantalon et ouvris la porte de l'immeuble en essayant de garder mon sang-froid. Je montai les marches quatre à quatre jusqu'au deuxième étage.

La porte de l'appartement d'Elizabeth était ouverte. Sur le paillasson, son chat se frottait contre une paire de jambes de femme.

Hisako se tenait sur le seuil, les mains devant la bouche.

Je me figeai sur l'avant-dernière marche. La jeune fille fixait quelque chose sur le sol.

« Hisako, dis-je, que se passe-t-il ? Où est Elizabeth ? »

Elle ne se retourna même pas.

Je gravis la dernière marche avec un tel élan que je faillis la renverser.

Neuf gouttes d'un liquide rouge foncé tachaient le carrelage de l'entrée.

Hisako sursauta. Elle pivota vers moi, les doigts encore croisés devant ses lèvres.

« Où est Liz ? » insistai-je.

Elle murmura quelques mots, tandis que ses sourcils annonçaient une crise de larmes imminente. Je lui saisis les poignets pour les écarter de sa bouche.

« Où est Liz ? répétai-je.

— À l'hôpital, répondit-elle enfin.

— Que lui est-il arrivé ?

— Je ne sais pas. Ambulance arrivée il y a dix minutes. Moi sortie et vu infirmiers monter. Je voulais accompagner, mais ils ont dit pas déranger secours. J'ai attendu jusqu'à ce qu'ils descendent avec brancard. Liz était sur le brancard. Elle m'a vue et a dit qu'on l'emmenait à Hammersmith Hospital. Puis elle a dit monter, tout fermer et te téléphoner. Je suis montée. J'allais entrer, mais j'ai... j'ai... vu... »

Elle fixa de nouveau le sol.

Qu'avait-il pu se passer ? Il n'y avait pas assez de sang pour bâtir des hypothèses catastrophiques : elle s'était peut-être juste blessée à un doigt. J'avisai sur le meuble de l'entrée les clefs de la voiture. Je tendis le bras et m'en saisis sans franchir le seuil pour éviter d'alimenter un début de nausée d'hémophobie.

Je tirai de ma poche les clefs de l'appartement et les donnai à la jeune fille. « Hisako, fais ce que Liz t'a dit. Ferme tout, puis rentre chez toi et essaie de te calmer. Moi, je file à l'hôpital. Je te donnerai des nouvelles dès que possible. »

Je vis se peindre sur son petit visage joufflu la stupéfaction iconique des Japonais.

« Quoi ? Tu n'emmènes pas moi avec toi ? Et moi que faire seule ici ? Je veux venir à l'hôpital. »

Je soupirai. Impossible de m'occuper d'une artiste émotivement ébranlée tout en réclamant des informations à des médecins et des infirmiers.

« Il vaut mieux que tu restes ici. Je t'appellerai dès que j'en saurai plus. »

Elle écarta les bras, résignée. Je remerciai en silence la traditionnelle réticence des Orientaux à désobéir.

« Alors, moi attendre ici. Si j'ai pas de nouvelles avant une heure, moi t'appeler. Si tu réponds pas, moi attendre cinq minutes puis rappeler. Si tu réponds toujours pas, moi prendre taxi et venir hôpital. Moi pas capable de rester tranquille sur canapé en attendant que le téléphone sonne ou pas. »

Je descendis au garage et montai en voiture. L'horloge du tableau de bord indiquait 21 h 21. Le Hammersmith Hospital était situé à moins de dix kilomètres et la circulation était plutôt fluide à cette heure-là. Le trajet me prendrait vingt minutes.

Je m'engageai dans Temple Sheen Road et poursuivis vers le nord-ouest, en proie à une angoisse mortelle. Je me demandais comment j'introduirais l'éventuelle disparition de Liz dans le contexte logique de mon incessante bonne fortune. Et je ne trouvais pas de réponse.

En l'espace de quelques minutes, mon esprit leva l'ancre vers des horizons encore plus surréels. La chance, me dis-je, pouvait m'aider à éviter les épisodes désagréables qui constellent l'existence d'un être humain moyen, mais elle n'accorderait pas l'immortalité aux membres de ma famille et à mes amis. La seule façon de se dérober au chagrin du deuil consistait donc à mourir le premier. Mourir représenterait, certes, une dérogation à la bonne fortune à laquelle j'étais condamné, mais je n'avais pas l'ambition de vivre éternellement. Un jour proche ou lointain, la chance m'abandonnerait et je mourrais à cet instant précis.

Oui, je mourrais, consciemment et intensément, et je paierais par la mort toutes les dettes que j'avais envers l'inconnu auquel j'avais volé à mon insu sa dose vitale de chance. Je m'interrogeai une nouvelle fois sur mon malheureux compagnon de route : dans quelle rue de Londres tentait-il de venir à bout des mésaventures hallucinantes que le karma ou le destin lui réservait depuis trois mois ?

Je pris la rue qui menait à l'hôpital, me garai en double file et me précipitai à l'entrée, le long d'une pente que surveillaient des arbres en fleurs.

J'entrai aux urgences.

Elles étaient horriblement bondées. Le vacarme était presque intolérable. Une odeur de désinfectant, de sang, d'urine, de sueur et d'autres sécrétions plus nuancées s'insinua dans mes narines. Au moins cent personnes, presque toutes assises dans des postures conformes au mal ou à l'accident qui les avait frappées, se plaignaient selon des niveaux variables de souffrance ou de gêne. Près d'elles se tenaient leurs accompagnateurs, égarés dans une cacophonie collective de stress et lumière au néon. D'autres patients erraient dans la salle en boitant ou en serrant contre leur poitrine un membre blessé : de toute évidence, ils trouvaient plus de réconfort dans une excursion monotone du hall que dans l'immobilité pénible d'un siège. Cinq ou six individus, peut-être membres d'une même famille, discutaient avec les infirmières de l'accueil. Alors que je m'approchais pour demander des renseignements, le niveau d'agressivité augmenta, à l'insu de tous. Je rebroussai chemin.

Je dénichai sans surprise un siège vide. À ma gauche, un type dormait, la tête sur la poitrine. À côté de lui, une fille vêtue d'un tutu et de paillettes, comme une patineuse professionnelle, se massait lentement une cheville. À ma droite, un enfant de quatre ou cinq ans geignait dans les bras d'une femme, le visage caché dans les plis du chemisier. J'essayai de comprendre de quoi il souffrait. La femme intercepta mon regard et me dévisagea, l'air soupçonneux.

Je feignis l'indifférence.

Du coin de l'œil, je m'aperçus qu'on me fixait depuis un laps de temps indéterminé. Je tournai la tête dans cette direction. Deux mètres plus loin, dans la rangée qui précédait la mienne, un sexagénaire aux cheveux poivre et sel, bien habillé, portant un col romain et tenant un ouvrage noir, une petite bible ou un livre de prières à une divinité imprécise, me scrutait avec un sourire cordial.

« Il n'y a pas grand-chose à faire », déclara-t-il.

Je me penchai légèrement vers lui : étais-je le destinataire de cette phrase ?

« La consolation des mots est peu de chose, continua-t-il. Celle des gestes, passible d'erreur ou d'inopportunité. Que reste-t-il ? »

Il était évident que cette question m'était adressée.

« Je l'ignore, répondis-je. Peut-être prier ? »

Il haussa les épaules.

« Faute de mieux. »

Je le dévisageai non sans perplexité. M'étais-je trompé sur la nature de son aspect : tenue, col romain, bréviaire ? Quelle autre catégorie professionnelle s'approprierait-elle des signes distinctifs aussi équivoques ?

« Vous savez, reprit-il, il y a dans le cerveau une sorte de petit court-circuit, une série de neurones hautement spécialisés dont l'activité n'a été découverte que récemment. Lorsqu'il est stimulé par une émission contrôlée d'impulsions électriques, ce groupe de cellules entraîne un sentiment de communion avec la totalité de la Création : grâce à lui nous avons le sentiment d'appartenir à ce Tout universel dont les mystiques de toutes les religions parlent depuis des siècles. On ne sait pas encore très bien quelle fonction biologique il remplit, mais son existence est un fait avéré. Selon les scientifiques, il est conçu pour s'activer au moment de la mort. La conscience essaie de se préserver en se protégeant contre la peur du Néant éternel par un tour de prestidigitation, un flux d'hormones chargées de représenter l'hypothèse d'un au-delà sous la forme d'un tunnel de lumière, de champs de blé, de papillons gigantesques ou de tortues flottant dans un océan primordial : des images liées au symbolisme de la religion du mourant.

— Oh. »

Il acquiesça, comme s'il s'attendait à recevoir ce genre de commentaires. À sa droite, une femme d'âge mûr s'efforçait non sans peine d'établir une relation productive avec son téléphone portable en susurrant une injure à chaque embûche.

« Que devrions-nous en déduire, d'après vous ? » me demanda-t-il.

Je haussai les épaules. C'est alors qu'une des infirmières contourna l'accueil et se dirigea vers nous, un badge fixé à la poitrine. Elle fut aussitôt accaparée par un jeune couple à l'aspect émacié : des drogués ou, plus probablement, des crudivores.

Le prêtre leva les yeux au ciel.

« Je viens souvent ici », affirma-t-il en observant la salle d'un air détendu, comme s'il voulait en soupeser le moindre détail pour en tirer le réconfort qu'il avait l'habitude d'y trouver. Un cri étouffé s'éleva quelque part.

« Cela balaie les doutes restants, ajouta-t-il.

— Quel genre de doutes ? » hasardai-je.

Il me fixa avec une étrange expression, comme si j'avais évoqué des sous-entendus qu'il n'était pas certain de vouloir affronter.

« Savez-vous comment l'acte de prier est défini dans *Le Dictionnaire du diable* ? » interrogea-t-il.

J'étais de plus en plus perplexe. *Le Dictionnaire du diable* ? Quel était donc ce prêtre qui citait Ambrose Bierce ?

« Demander quelque chose avec une urgence proportionnelle à la certitude de ne pas l'obtenir », dit-il.

Soudain je me rendis compte que sa voix n'était qu'un murmure tout juste audible dans le vacarme des urgences. Et pourtant je distinguais le moindre de ses mots. Comment était-ce possible ? Plus encore, je constatai que personne, autour de moi, ne paraissait avoir remarqué sa présence. Je fus saisi d'un doute : je n'avais peut-être pas affaire à une créature de ce monde. Parlais-je à un fantôme ? Avec le reste ectoplasmique d'un prêtre décédé des dizaines d'années plus tôt à cet endroit même, sur ce siège ? Pourquoi avait-il décidé de se manifester à moi ? Divaguait-il, selon cette manière théâtrale typique des esprits, avant de me révéler qu'il était arrivé quelque chose à ma femme ? Je portai une main à ma poitrine en me demandant s'il n'eût pas été plus courtois, de la part du fantôme de Liz, de m'annoncer lui-même qu'elle avait abandonné son corps.

Entre-temps l'infirmière s'était libérée des deux casse-pieds décharnés, elle distribuait maintenant des renseignements aux autres patients. Il fallait que je l'arrête avant qu'un autre ne la monopolise.

« Je dois partir », dis-je en me levant lentement, comme si je craignais qu'un excès de vibrations ne provoquât la disparition de mon interlocuteur. Il tendit alors le bras et me serra la main.

La sienne était glacée. De deux choses l'une, soit il souffrait de sérieux problèmes circulatoires, soit c'était vraiment un fantôme. J'évitai de le regarder droit dans les yeux, de contracter les muscles et d'opposer une réaction de n'importe quelle sorte en comptant sur le pouvoir dissuasif de la thanatose.

« Si tu te laisses abattre au jour mauvais, ta vigueur est peu de chose. *Proverbes*, 24, 10.

— Je m'en souviendrai », répondis-je en me dégageant.

Je me dirigeai au pas de course, ou presque, vers l'infirmière.

« Elizabeth Brooks, annonçai-je, une fois à portée de voix. Une ambulance vient de l'amener. »

La femme ouvrit un dossier et jeta un coup d'œil à la liste.

« Deuxième étage. Médecine interne. C'est un code jaune.

— C'est-à-dire ? Elle est contagieuse ? »

Elle me lança un regard inexpressif.

« Non. Cela signifie que son état est sérieux, mais pas grave. Demandez un badge à ma collègue et allez vérifier vous-même.

— Encore une chose... »

La femme cligna des yeux cinq ou six fois.

« Vous voyez ce... hum... prêtre, derrière moi ? » murmurai-je.

Elle se pencha légèrement sur ma droite et lorgna l'endroit que je lui indiquais. J'étais persuadé qu'elle ne verrait rien.

« Oui, dit-elle. Alors ?

— Comment ça ? Vous le voyez ? »

Je pivotai. Assis à la même place, le prêtre fournissait des indications à sa voisine. À la vue du téléphone qu'il avait à la main, je compris qu'il la catéchisait sur les fonctions de base de l'appareil.

« Il vient souvent ici, m'apprit l'infirmière. Il bavarde avec les patients, réconforte ceux qui le souhaitent, donne la communion et confesse. Et maintenant, si cela ne vous ennuie pas, j'aimerais vraiment y aller. »

Je m'approchai du comptoir et communiquai mon identité. Deux minutes plus tard, un badge fixé à mon col, je gravis l'escalier de l'hôpital jusqu'au deuxième étage. Je m'enfonçai dans les couloirs du service de médecine interne, une sorte de labyrinthe minoen, privé de repères, blanc et silencieux. Après m'être engagé dans quelques impasses, je croisai deux employés que j'interrogeai. L'endroit que je cherchais était du côté opposé à celui où je me trouvais.

Je rebroussai chemin et débouchai dans un long couloir ponctué de portes fermées. Je poursuivis en jetant un coup d'œil à droite et à gauche avec la désinvolture que j'affichais dans mes rondes habituelles au bureau. Je demandai à un infirmier énorme, barbu et sacerdotal où était Elizabeth Brooks, tout juste arrivée des urgences. Il consulta ses archives mentales en roulant des yeux pour dénicher l'information dans son cortex cérébral et fit demi-tour en me priant de le suivre.

Nous dépassâmes de nouveau les chambres et virâmes dans une autre direction. Après une marche de deux minutes, nous atteignîmes le bout d'un long couloir. Il y avait là une porte close. L'infirmier frappa et ouvrit sans attendre la réponse. Il glissa la tête à l'intérieur, puis referma la porte et se tourna vers moi.

« On la prépare pour une échographie. Si vous le souhaitez, vous pouvez patienter ici. Ou alors vous pouvez entrer et vous mettre bien sagement dans un coin sans faire de bruit. Le Dr Sterling a mauvais caractère.

— Va pour le coin et le mauvais caractère. »

Il ouvrit la porte et m'assena une tape sur l'épaule avec cet air rassurant qu'ont les médiateurs de réunions conjugales, une fois la tragédie frôlée.

« Je peux ? » murmurai-je.

J'entrai. Liz était allongée, les yeux fermés, sur un lit

d'examen, près d'un gros échographe. Elle portait une blouse aussi blanche que le tablier d'une écolière.

« Liz… ma chérie… », dis-je tout bas.

Elle ouvrit les yeux, leva légèrement la tête et me regarda, l'air un peu obtus, comme si elle n'arrivait pas à me reconnaître.

« Kurt. Tu es déjà là.

— Que t'est-il arrivé ? J'ai vu des taches sur le sol, à la maison. Qu'est-ce que c'était ? »

Au lieu de répondre, elle m'invita d'un geste à la rejoindre, mouvement que j'avais repoussé à plus tard, dans l'attente des avertissements du médecin, qui de toute façon n'était pas là. Je m'approchai suffisamment pour que Liz me prît la main.

« Assieds-toi près de moi », dit-elle.

Il y avait là un tabouret. Je m'assis en séchant mes larmes avec la manche de ma veste. J'inspectai le visage de Liz, tout en lui caressant la joue de ma main libre. Elle avait tiré ses cheveux en une coquette fontaine qui jaillissait du sommet de son crâne, touche frivole atténuant sans grande efficacité la pâleur spectrale de son teint et ses yeux cernés.

« Que t'est-il arrivé ? demanda-t-elle. Tu as une de ces têtes…

— Ça te va bien de dire ça !

— Tu as dû avoir une mauvaise journée.

— Mais non… les ennuis habituels au bureau. Toi, plutôt, qu'est-ce qui t'est arrivé ? J'ai vu du sang par terre, à la maison. »

Elle leva les yeux au plafond.

« Que s'est-il passé, Liz ?

— J'ai eu des douleurs à l'abdomen. Et puis des pertes. Pas beaucoup. Peu importantes.

— Des pertes ? Où ça ? »

Elle me jeta un regard torve.

« Oh... bien sûr... excuse-moi, dis-je. Et de quoi s'agit-il, d'après toi ? »

Elle pressa ma main encore plus fort, sans piper mot.

J'ajoutai : « De toute façon, il n'y a pas de quoi s'inquiéter. Tu as toujours eu un cycle irrégulier. Tu as très mal ? Tu as fait le test Pap à l'automne, non ? Tu es trop jeune pour avoir quelque chose de grave, crois-moi. J'ai une montagne de données statistiques sur ce sujet. »

Elle posa les yeux sur moi, puis de nouveau sur le plafond. Enfin, elle déclara :

« Je suis enceinte, Kurt. »

J'ouvris si grand la bouche que j'entendis mes mâchoires craquer.

« Enceinte ? »

Elle opina.

« Comment est-ce possible ? » demandai-je.

Elle tourna la tête vers moi.

« Ce truc que tu aimes tellement faire, ça te dit quelque chose ?

— Mais n'avons-nous pas toujours fait attention ?

— Pas assez, à ce qu'il paraît.

— Eh bien... c'est une nouvelle... merveilleuse. N'est-ce pas merveilleux ? »

Elle secoua la tête.

« Je ne sais pas. Je ne sais pas. Dis-le-moi.

— Je viens de te le dire. C'est merveilleux.

— Nous n'avions jamais abordé le sujet des enfants.

— Et alors ? Nous n'avons pas non plus abordé celui de la Polynésie, mais qui n'aimerait pas y vivre ?

— Toi.

— D'accord, moi. Mais j'adore les enfants. Ils m'amusent. Ils m'attendrissent. Je les trouve pleins de potentialités. Statistiquement imprévisibles. Tu ne vois pas comment je suis avec les enfants de nos amis ?

— Je sais que tu aimes les enfants des autres, Kurt. Mais ce sont justement ceux des autres. Comment serais-tu si tu en avais un ? C'est une autre histoire.

— Bonne objection.

— Un enfant, c'est quelque chose de sérieux. »

Je pressai sa main entre les miennes.

« Chérie, je ne sais peut-être pas comment je me conduirai, mais pourquoi tant de hâte ? Je te dévoilerai ma personnalité de père dans quelques mois, quand j'aurai mon fils dans mes bras. Ou ma fille. Est-ce un garçon ou une fille ? Est-il encore trop tôt pour connaître le sexe ? Depuis combien de temps es-tu enceinte ? Trois semaines ? Quatre ? »

Elle se mordit les lèvres.

« Quinze, murmura-t-elle.

— Quinze jours ? Un peu plus de deux semaines alors. J'ai lu quelque part que, pendant le premier mois, le fœtus est encore hermaphrodite. Je me demande si c'est vrai. Nous devrons donc patienter encore un peu pour savoir. De toute façon, je n'ai pas de préférence.

— Quinze semaines, Kurt.

— Ah… comment ?

— Et c'est une fille. »

J'ouvris de nouveau la bouche d'un coup sec, puis la refermai. Je considérai ma femme avec une stupeur totale.

« Quinze semaines ? Tu estimes que c'est le laps de temps adéquat pour l'annoncer au père ? Autant attendre directement le moment du travail. »

Liz me lâcha les mains. Elle croisa les bras sur sa

poitrine et serra ses coudes, ce qu'elle faisait toujours dans les moments difficiles.

« Cela fait longtemps que je voulais t'en parler, dit-elle. Mais depuis quelque temps tu es toujours absent, nerveux, perdu dans tes pensées. Je n'étais pas sûre que tu voulais un enfant. Et je n'étais peut-être pas sûre d'en vouloir un, moi non plus. »

Une larme s'échappa de son œil gauche. Elle décroisa les bras et s'essuya du dos de la main.

« Je pensais te le dire quand tu remarquerais mes nausées, mes kilos supplémentaires, mes seins de plus en plus gros, tout le temps que je passais couchée. Mais tu ne vois jamais rien.

— Ce n'est pas vrai. J'avais vu tes seins, mais je pensais que tu comblais un retard de développement : ton système endocrinien a toujours suivi ses propres lois. Quant au temps passé sur le lit ou sur le canapé, qu'y a-t-il d'étrange à ça ? C'est ce que tu as toujours fait. Tu es un écrivain : tu n'as qu'une chose à faire, lire tranquillement quand tu n'écris pas. »

Une autre larme glissa le long de sa joue.

« Tu la veux, Kurt ? Tu veux cette petite fille ? » lança-t-elle sans me regarder.

Des doigts, je lui effleurai lentement le front.

« Bien sûr, dis-je. Je ne désire rien de plus au monde. »

Je lui caressai les cheveux.

« Moi aussi, Kurt. Moi aussi, je la veux. J'ai passé les dernières semaines à lui parler à toutes les heures de la journée. Je ne me suis jamais sentie aussi proche d'un être humain depuis que je suis en vie. »

Elle prit ma main et la posa sur son ventre.

« Je regrette de ne pas te l'avoir dit, mais ma grossesse a

été si difficile que j'ai cru qu'elle se terminerait mal. J'ai eu des pertes dès les premiers jours, un détachement partiel du placenta et un problème au cordon ombilical. Et puis deux menaces de fausse couche avant la fin des deux premiers mois. Celle-ci est la troisième, probablement. La gynécologue prétend qu'elle n'a jamais vu de fœtus aussi problématique. On dirait que la malchance s'acharne sur notre pauvre bébé. »

J'étais tellement fatigué, affamé et inquiet que je mis au moins deux secondes pour enregistrer cette phrase. Puis ce fut comme si la foudre divine s'abattait sur l'esprit nécrotique du pécheur.

Une sensation de froid glacial se répandit du centre de mon être jusqu'à ses extrémités, au-delà de l'épiderme, jusqu'à l'aura électrique que je dégageais en tant qu'organisme doté de fonctions physiologiques gérées par l'intermédiaire de différences de potentiel. Tout, en moi et hors de moi, frissonna. Les os, les muscles, les organes internes, le corps astral qui flottait comme un étendard à quelques millimètres de ma peau. La synovie des articulations se figea en un fluide sirupeux, emprisonnant des bulles d'azote comme des moustiques préhistoriques dans une goutte d'ambre. Chaque cellule se paralysa en un hiver polaire. Je produisais des vagues de froid, comme une perturbation. Je baissai la tête et posai le front sur le ventre de ma femme. Il me fallut effectuer un effort surhumain pour parvenir enfin à murmurer quelques mots :

« Quinze semaines de grossesse. C'est-à-dire plus ou moins trois mois.

— Trois mois et demi, pour être précise.

— Et tu as eu des pertes dès le premier jour.

— Oui.

— Tu te rappelles peut-être aussi la date exacte de ce premier jour. Celle de la conception.

— Bien sûr. C'était une nuit, en vérité. Nous nous étions attardés chez Jill pour son anniversaire et, une fois à la maison, l'envie nous est venue. Tu devrais t'en souvenir toi aussi parce que tu as reçu le lendemain matin, par la poste, le remboursement de cinq mille livres par le fisc. »

J'appuyai plus fort le front sur le ventre de Liz.

« Nous avions trop bu, chez Jill, et ça a été le désastre classique, murmurai-je. Puis, au lever du jour, j'ai reçu ce remboursement astronomique auquel je ne savais même pas que j'avais droit.

— Oui, et une semaine plus tard, alors que je me lavais, j'ai remarqué des gouttes de sang. Ça m'a paru étrange, car neuf jours me séparaient encore de mes règles. Trois semaines plus tard, j'ai fait le test.

— Voilà donc ce qui s'est passé. Résumé dans la simplicité d'un manuel scolaire de primaire : nous avons fait l'amour et, deux minutes plus tard, il y avait en toi un projet de petite fille.

— Qu'est-ce que tu as, Kurt ? Pourquoi tu ne me regardes pas ?

— Pourquoi elle, Seigneur ? En quoi est-elle coupable ? Qu'est-ce que tout cela veut dire ?

— Tout se passera bien, chéri. Tout va s'arranger. »

La porte s'ouvrit. Je levai lentement la tête et découvris une femme d'environ soixante ans, au chignon poivre et sel, l'air sévère. C'était certainement le Dr Sterling, l'échographiste au mauvais caractère. J'attendis qu'elle m'indique un coin où me tapir.

Je la regardai s'affairer autour de l'appareil pendant deux

bonnes minutes. Puis elle se plaça du côté opposé au mien et dénuda le ventre de Liz.

« Je suis son mari », crus-je bon de préciser.

Le médecin leva les yeux une seconde.

« Je l'avais deviné. »

Elle s'empara d'un flacon de plastique blanc et étala un gel transparent sur le ventre de Liz. Elle empoigna la sonde de l'échographe et se tourna vers l'écran, qu'elle fixa comme si elle attendait une communication d'une planète éloignée. Liz et moi échangeâmes un long regard. Je lus dans ses yeux de l'amour, de la peur, de la confusion et cette triste résignation à la souffrance que vous enseigne le simple fait d'être en vie. J'espérais que les miens ne trahissaient pas mes sentiments de culpabilité pour le moins compliqués à l'égard du bébé qu'elle portait. Le médecin appuya la sonde sur la partie inférieure du ventre, le front plissé par la concentration.

« Voulez-vous que je m'écarte ? demandai-je.

— Non, répondit-elle sans cesser de scruter l'écran. Restez où vous êtes. C'est votre place. »

Liz ferma les yeux. La femme promena la sonde sur la légère convexité de son ventre en observant les représentations abstraites qui apparaissaient sur l'écran, le kaléidoscope des impulsions électromagnétiques renvoyées par le corps de ma fille.

« Tout va bien ? interrogeai-je.

— C'est une grossesse terriblement problématique, mais la crise semble passée. Le cœur du bébé bat régulièrement et la densité du liquide amniotique paraît normale. Nous ferons demain des examens plus approfondis. »

J'acquiesçai, la gorge serrée.

« Vous croyez… vous croyez qu'elle s'en tirera ? »

La femme me fixa.

« Je ne sais pas. Dans une phase aussi délicate personne ne pourrait l'affirmer avec certitude. Mais je suis optimiste. Pas vous ? »

Je réfléchis un instant avant de dire :

« Non. Pas tellement.

— Alors je vous conseille de le devenir rapidement si vous voulez survivre au métier de père. »

Liz renifla. Je vis qu'elle m'observait avec ce regard chaud et indolent qu'ont les femmes enceintes. Comment n'avais-je pas compris ? Elle tourna le visage vers le médecin, qui continuait d'interroger l'échographe. Je scrutai son ventre, à quelques centimètres de mon nez, et en profitai pour déposer un baiser sur la courbe perpendiculaire au nombril. Des traces de gel transparent se collèrent à mes lèvres. Je les en ôtai furtivement du bout des doigts en me demandant si le contact entre la peau et les muqueuses, par l'intermédiaire d'un polymère synthétique, faciliterait la transmission électrique de mes sensations au corps lové de ma fille, errant dans sa petite bulle d'eau salée, et de là, par osmose, à toutes les cellules de sa personne.

Je voulais la toucher. Je voulais briser sur-le-champ le sortilège dont nous étions victimes. Je voulais qu'elle vive et qu'elle reste en vie le plus longtemps possible. Je voulais qu'elle ait une existence normale, à la merci des folies des statistiques, du karma ou du destin, comme n'importe qui. Je voulais que le moindre instant de douleur lui imprime l'obligation au fer rouge de savourer tout ce qu'il y avait de beau dans la vie, au-delà des frontières de la souffrance. Je voulais qu'elle ait tout ce qu'elle méritait jusqu'à la fin de ses jours, sans laisser de crédits ou de dettes à la comptabilité de démiurges ombrageux, quelque part là-haut. Et je voulais la voir naître en dépit de ma phobie du sang, serrer contre moi son petit corps sale et tremblant, la regarder, la renifler, l'entendre geindre, la prier en silence d'arrêter, puis de m'aider à y comprendre quelque chose, année après année, en lui promettant que j'en ferais autant, avant de sceller ce pacte en touchant de mes lèvres les lèvres de la dernière femme que j'embrasserais au cours de mon existence.

12

J'ouvre les yeux et en découvre deux autres, plongés dans les miens. Je vois des poils de nez, un petit grain de beauté sous la lèvre et la saillie des pommettes d'un vigoureux spécimen de mâle adulte. Je sens une odeur de lessive et d'après-rasage de bonne qualité.

« Tout va bien, Kurt », dit la voix au-dessus du grain de beauté. L'arôme de dentifrice s'insinue, en une compétition, entre savon et eau de Cologne.

Je suis allongé sur un lit. J'ai l'impression d'être paralysé. L'homme porte une blouse. Il est penché à angle droit sur moi : un plafond blanc encadre son visage. À droite, une fenêtre à moitié ouverte.

« Où suis-je ? » Ma voix me paraît faible, étrangère.

« À l'hôpital. Vous avez eu un petit accident. »

Je lance un regard circulaire. Un fauteuil, une table de nuit, un appareil qui ressemble à un électroencéphalographe.

« Quel accident ? Où est ma femme ? »

L'homme s'assied au pied du lit. Il réfléchit un moment avant de parler.

« À propos de votre femme. Que vous rappelez-vous avoir fait après l'avoir vue, la dernière fois ? »

Je le scrute, perplexe.

« Eh bien, je suis retourné à toute allure à ma voiture. J'étais en double file et je craignais de bloquer quelqu'un. »

Je lève laborieusement une main et me gratte le front.

« Mais c'est tout ce dont je me souviens. »

Il croise les bras, apparemment occupé à peser ses mots. Puis il me dévisage attentivement.

« Vous étiez à une dizaine de mètres de votre véhicule quand un drone de transport d'Amazon s'est précipité sur son toit, faisant littéralement imploser l'habitacle de la Porsche. Le rétroviseur de gauche s'est détaché de la carrosserie et a atterri sur la partie droite de votre crâne, dans une région comprise entre la suture coronale et la ligne temporale inférieure. »

Il tourne la tête et porte le doigt au bas de sa tempe.

« Le coup vous a provoqué une commotion cérébrale », ajoute-t-il.

Une légère faiblesse s'insinue dans son masque inébranlable d'annonceur de rapports cliniques.

« Les secours ont été immédiats. Vous êtes resté conscient quelques minutes, après quoi on vous a administré un sédatif pour pratiquer les premiers soins. Le traumatisme était étendu, mais pas au point de pratiquer une réduction chirurgicale de l'hématome. Nous vous avons donc plongé dans un coma pharmacologique pour en faciliter la résorption spontanée. »

Petite pause.

« Mais un fait étrange s'est ensuite produit.

— C'est-à-dire ?

— Vous n'êtes pas sorti du coma lorsque vous auriez dû.

Nous avons essayé de vous réanimer, en vain. Nous ignorons pourquoi. Nous avions l'impression que vous *ne vouliez pas* vous réveiller. Nous avons fait plusieurs tentatives, obtenant le même résultat. Puis, un jour, vous êtes sorti du coma sans raison apparente. La première fois, vous avez gardé les yeux ouverts moins d'une minute, puis vous vous êtes replongé dans une profonde torpeur. Les jours suivants, vous les avez ouverts plusieurs fois et plus longtemps.

— Je suis donc ici depuis quand ? »

Je le regarde humidifier ses lèvres avant de me répondre. Il est évident qu'il s'apprête à me communiquer la partie la plus laborieuse de sa mission. Et il est tout aussi probable, me dis-je soudain, que cela n'appartienne même pas à la catégorie d'informations qu'il lui arrive de dispenser à ses patients selon un rythme quotidien ou hebdomadaire.

Peut-être même pas mensuel.

Ni annuel, certainement.

J'insiste : « Combien de temps ai-je passé dans le coma ? »

Il se décide.

« Cinq mois et demi », martèle-t-il.

J'ouvre grand la bouche.

« Le plus incroyable, ajoute-t-il comme si ma stupeur ne suffisait pas, c'est que votre fille est venue au monde, deux étages plus haut, au moment même où vous rouvriez les yeux pour la première fois. »

Liz apparaît sur le seuil l'après-midi suivant, tenant dans ses bras un baluchon de laine couleur aigue-marine.

Elle s'approche et dépose un baiser sur mon front en hoquetant avec une certaine dignité. Des larmes, explique-t-elle, elle en a versé plus qu'assez durant ma longue narcose. Elle a les cheveux courts et un joli embonpoint. Elle s'installe dans le fauteuil et tourne le baluchon afin que je puisse en voir le contenu.

« Notre fille, Kurt », annonce-t-elle, émue.

Je constate avec déception que la petite dort. Je soupire, exhibant ma récente version de fatalisme vaguement contrit.

« Elle est magnifique, n'est-ce pas ? »

Le fauteuil se trouve à environ trois mètres de mon lit, et la réticence évidente de ma femme à combler cette distance, comme si elle craignait pour la santé de la petite, ne m'échappe pas. Je décide de ne pas insuffler de sarcasme en évoquant le faible degré de contagion des traumatismes cérébraux.

« Elle est sublime », dis-je. Que devrais-je dire ? Empaquetée dans des dentelles et des garnitures plissées, la frimousse me semble en réalité privée de profondeur au point de paraître bidimensionnelle.

Liz porte une main à son cœur pour souligner théâtralement sa fierté. Je m'aperçois avec un retard coupable que ses seins, gonflés par les œstrogènes et la prolactine, sont plus opulents et tridimensionnels que dans mes rêves les plus fous.

« Comment s'appelle-t-elle ? lui dis-je.

— Je ne sais pas. Elle n'a pas encore de prénom. Je voulais que nous le choisissions ensemble. »

J'acquiesce, les yeux embués de larmes.

La petite tord le nez comme si elle avait senti une odeur désagréable. Puis elle se réveille.

Elle ouvre les paupières et cligne des yeux trois ou quatre fois. Distinguant mon visage entre couvertures et oreillers, elle se met à observer le fournisseur décharné de la moitié de son trousseau génétique. Je remarque le bleu fracassant de ses iris et, un instant après, la mutinerie de ses traits rebondis en une douce protestation face à l'outrage qui consiste à devoir contempler la ruine que j'ai l'impression d'être, au lieu du visage adoré de sa mère.

Liz l'approche de sa poitrine et la cajole en produisant d'étranges phonèmes.

C'est alors que la petite comprend.

Elle comprend qui je suis vraiment.

Liz l'embrasse sur le front. D'une main déjà experte, elle a dénudé son sein gauche – que je ne regarde même pas, tant je suis abasourdi par ce qui se produit – et l'offre à la minuscule bouche de notre fille.

Qui ne se tourne pas.

Elle ne se soucie pas de l'odeur de lait et d'hormones qui imprègne le mamelon. Elle est trop occupée à observer celui qui lui fait face.

Et je devine qu'elle sait. Elle n'a que vingt jours, mais elle *sait*.

Elle me scrute avec cet air courroucé qu'on adopte lorsqu'on reconnaît le responsable de ses premières et atroces souffrances. Je perds la tête, me dis-je. Comment un visage pourvu des seules motilités élémentaires peut-il exprimer aussi précisément toute cette rancœur ? Comment peut-elle savoir que c'est *ma faute* ?

Et pourtant. Et pourtant ses yeux trahissent la détermination brûlante et inépuisable à me le faire payer cher. Dans quelques mois, elle aura oublié pourquoi, mais son désir de vengeance est désormais gravé dans les spirales disjointes de son ADN.

Oui, elle se vengera. Peu à peu.

Pour commencer, elle m'empêchera de dormir, me privant du corps et des attentions de ma femme. Puis elle m'inondera des inquiétudes les plus variées. Jour après jour, année après année, viendront fièvre, inappétence, déjections aux étranges couleurs, premiers pas tardifs, aphasie obstinée, hurlements et caprices, chutes et saignements, disparitions dignes d'un prestidigitateur dans les rayons des supermarchés, intolérance à la crèche, télévision expropriée, mirage d'un dîner dehors, maladies exanthématiques, école buissonnière, bulletins scolaires abominables, attente des premières règles, dysmorphophobie, culte des corps d'autrui, anorexie suspecte, meilleures amies, trop de poitrine ou pas assez, amours platoniques, dévotion transhumaine au téléphone, premier baiser au drogué du quartier, main dans le slip d'idiots assortis, vidéos anatomiques expédiées via Telegram, sexe dans les chiottes du lycée, contraception aléatoire, fiancés improbables, vacances à l'autre bout du monde, allergie proclamée aux coups de fil : le tout, naturellement, aspergé par des hectolitres de chaudes larmes.

Un triste après-midi d'automne est dessiné sur la vitre.

Elle me tuera, me dis-je. Ma fille me tuera.

Liz lui ôte le mamelon des lèvres et se couvre. Puis elle se lève et dépose la petite immédiatement dans mes bras.

« Maintenant elle veut passer un peu de temps avec toi », dit-elle.

J'observe ma femme, perplexe. Puis je baisse les yeux sur ma fille.

Elle continue de me fixer. À présent, elle a l'air moins hostile qu'intriguée.

Le bleu de ses yeux est si insolite qu'il paraît inorganique. Elle dégage un parfum de calendula, ainsi que la puanteur chimique de l'oxyde de zinc. Une croûte de lait dépasse du bord supérieur de son bonnet.

De près, on la croirait inoffensive. Et si le moment était propice à une sorte d'accord ?

Liz regarde par la fenêtre en se massant lentement le cou. Je regarde attentivement ma fille et murmure :

« Je regrette de t'avoir fait passer un sale moment. Mais sache que j'ai renoncé à un tas de choses, mais vraiment à un tas de choses pour toi. Y compris à une Porsche de soixante-dix mille livres, putain. Je ne réclame en échange qu'un peu d'amour filial. Quelques câlins de temps en temps. Une carte pour la fête des Pères. Ne pas être étouffé avec un oreiller pendant que je dors. »

Je m'attends à un signe d'approbation qui m'assure sans l'ombre d'un doute que je suis pardonné. Un petit sourire. Un clin d'œil. Un battement de cils prolongé.

Rien.

Liz bâille. « Il vaut peut-être mieux que je file. Si Hisako garde la petite, j'arriverai à dormir une heure. On y va, mon amour ? » dit-elle, les mains déjà tendues.

La panique m'envahit. Je vais devoir quitter ma fille sans avoir obtenu de signe tangible de réconciliation ?

C'est impensable. Il convient d'oser quelque chose. Une chose à laquelle aucune femme, jusqu'à présent, n'a jamais résisté.

Je m'approche de la frimousse de ma fille, bien décidé à l'embrasser.

Elle choisit ce moment pour m'accorder un signe.

Elle ouvre la bouche et émet une sorte de gargouillement dont je ne suis pas certain de comprendre le sens.

J'ai toutefois obtenu mon signe. Je peux m'estimer heureux.

C'était un rot, je crois.

Mais il faut savoir s'en contenter.

Composition : IGS-CP à L'Isle-d'Espagnac (16)
Achevé d'imprimer
par CPI Firmin-Didot
à Mesnil-sur-l'Estrée, en février 2022
Dépôt légal : février 2022
Numéro d'imprimeur : 168702

ISBN : 978-2-07-292725-6/Imprimé en France

375023